그래도
학교

SCHOOLED by Gordon Korman

Copyright © 2007 by Gordon Korman
All rights reserved.

This Korean edition was published by Mirae Media and Books, Co. in 2013 by arrangement with Gordon Korman c/o Curtis Brown Ltd., New York, NY through KCC(Korea Copyright Center Inc.), Seoul.

이 책은 (주)한국저작권센터(KCC)를 통한 저작권자와의 독점계약으로 도서출판 미래M&B에서 출간되었습니다. 저작권법에 의해 한국 내에서 보호를 받는 저작물이므로 무단전재와 복제를 금합니다.

그래도 학교

고든 코먼 지음 :: 안지은 옮김

미래인

그래도 학교

1판 1쇄 발행 2013년 6월 14일
1판 6쇄 발행 2021년 5월 20일

지은이 고든 코먼 **옮긴이** 안지은 **펴낸이** 김민지 **펴낸곳** 미래M&B
책임편집 황인석 **디자인** 서정민 **영업관리** 장동환, 김대성, 김하연
등록 1993년 1월 8일(제10-772호) **주소** 서울시 마포구 동교로 134(서교동 464-41) 미진빌딩 2층
전화 02-562-1800(대표) **팩스** 02-562-1885(대표) **전자우편** mirae@miraemnb.com
홈페이지 www.miraeinbooks.com **인스타그램** @mirae_inbooks

ISBN 978-89-8394-749-9 03840

*잘못 만들어진 책은 바꾸어 드립니다.
*미래인은 미래M&B가 만든 단행본 브랜드입니다.

"옳은 일을 하는 자는 그 일이 옳은 줄 안다."
— 레인

차례

- **1장** 새로운 세상에 들어간 캡 9
- **2장** 과거와 만난 도넬리 아줌마 18
- **3장** 골칫덩어리 잭 21
- **4장** 설레는 캡 26
- **5장** 똥침박사 휴 36
- **6장** 갈등하기 시작하는 나오미 42
- **7장** 캡이 안쓰러운 도넬리 아줌마 53
- **8장** 고난 속의 캡 59
- **9장** 운전을 배우는 소피 65
- **10장** 흔들리는 나오미 74
- **11장** 이중적인 휴 81
- **12장** 기자회견에 나선 캡 90
- **13장** 행복한 소피 99
- **14장** 적응해가는 캡 104
- **15장** 캡을 빛나게 하는 휴 112
- **16장** 드라마에 푹 빠진 캡 117

17장 걱정 반 안심 반의 도넬리 아줌마 127

18장 절교를 선언한 휴 132

19장 무너지는 잭 139

20장 덫에 걸린 캡 147

21장 죄책감에 빠진 대릴 154

22장 제자리로 돌아간 캡 166

23장 난처해진 카시기 교감 172

24장 캡을 애타게 찾는 나오미 180

25장 궁지에 몰린 잭 188

26장 진실을 알게 된 소피 195

27장 다시 학교로 간 캡 203

28장 당혹스러운 도넬리 아줌마 212

29장 눈물을 흘리는 휴 216

30장 극적인 광경을 목격한 잭 223

31장 세상 속으로 돌아간 캡 230

옮긴이의 말 238

새로운 세상에 들어간 캡

처음 보는 경찰관이 다가왔을 때 난 열여섯 살이었다. 경찰 아저씨는 내가 무면허 운전을 했다며 나를 체포했다. 그때 난 운전면허가 뭔지 몰랐다. 체포된다는 게 무슨 의미인지조차 잘 몰랐다.

그런데 그때까지 경찰들은 엑스레이를 찍어야 한다며 레인 할머니를 들것에 태우느라 정신없이 바빴다. 그래서 난 경찰 아저씨가 내 손목에 수갑을 채웠는지 어쨌는지 알아챌 겨를이 없었다.

"애야, 이 트럭 주인이 누구지?"

"저희 공동체 소유인데요."

경찰 아저씨는 내 말을 스프링 노트에 받아 적었다.

"공동체라니? 골프 모임? 아니면 콘도 회원?"

"갈런드 농장요."

아저씨가 얼굴을 찌푸렸다.

"그런 이름은 들어본 적이 없는데."

레인 할머니가 이 얘기를 들었다면 틀림없이 기뻐하셨을 거다. 우리 공동체에서는 '돈에 굶주린 현대사회의 무한경쟁에서 탈출하라'라는 말을 가장 중요하게 여긴다. 만일 사람들이 우리를 모른다면 우리를 찾지 못할 테고, 그러면 우리는 평화로운 삶을 지속할 수 있을 테니 말이다.

"대안농장 공동체예요."

아저씨가 눈을 부릅뜨며 나를 바라보았다.

"대안이라…… 너 혹시 히피(hippie. 기성의 제도·가치관·사회관습을 부정하며 자유분방한 라이프스타일을 추구하는 사람들을 일컫는 말. 1960년대 미국 샌프란시스코에서 시작되었다:옮긴이) 말하는 게냐?"

"음, 1960년대에 할머니가 히피이긴 하셨죠. 그땐 갈런드 농장에 열네 가족이 살았대요. 지금은 할머니랑 저 둘뿐이지만요."

난 간호사들 쪽으로 가려고 애썼다.

"할머니가 괜찮으신지 확인하고 싶어요."

하지만 아저씨는 비켜주지 않았다.

"레인이 누구지? 사회보장카드엔 환자 이름이 레이철 에스더 로젠블라트로 돼 있는데?"

"그분 이름은 레인이고, 제 할머니예요."

난 단호하게 말했다.

"나무에서 떨어지셨어요."

아저씨는 노트를 응시했다.

"67세 어르신이 나무에 올라가서 뭘 하신 거지?"

"자두 열매를 따셨어요."

난 방어적으로 대답했다.

"그러다 미끄러지셨죠."

"그래서 고작 열여섯 살인 네가 할머니를 모시고 여기까지 트럭을 몰았다?"

"운전이야 늘 하는 건데요."

난 경찰 아저씨에게 알려주었다.

"여덟 살 때 레인 할머니가 가르쳐주셨어요."

아저씨의 윗입술 위로 땀이 맺혔다.

"911에 전화해야겠다는 생각은 못 했니?"

난 멍하니 경찰 아저씨를 바라봤다.

"911이 뭐죠?"

"긴급번호 말이다, 전화번호!"

"전화 통화를 몇 번 해본 적은 있어요. 시내에서요. 하지만 우리 공동체엔 전화기가 없는걸요."

아저씨는 물끄러미 나를 바라보았다.

"얘야, 네 이름이 뭐니?"

"캡요. 캐프리콘을 줄여서 캡이라고 해요."

경찰은 내 수갑을 풀어주었다. 자유의 몸이 된 것이다.

신체 건강한 10대 청소년이 어쩌다 할머니를 자두나무에 올라가게 했냐고? 간단하다. 그때만큼은 할머니가 내게 할머니가 아니었기 때문이다. 할머니는 나의 선생님이었다.

난 홈스쿨링을 한다. 우리 농장처럼 아무리 작은 곳이더라도 누구나 교육은 받아야 한다. 그건 법칙이다. 그런데 구불구불하고 지저분한 길을 달려 갈런드 농장까지 오는 스쿨버스는 없었다. 그렇다고 교통 탓만은 아니다. 아무리 8차선 고속도로가 뚫린다 해도, 레인 할머니는 나를 위해 홈스쿨링을 직접 하셨을 거다. 우리는 길 잃은 바깥세상의 문화 속에 깃든 독성을 피하고 싶었다.

레인 할머니가 나무에서 떨어졌을 때 난 단어 공부를 하던 중이었다. 기압계, 10각형, 수직선 등 대부분이 중학교 3학년 교육과정에 나오는 단어들이다. 하지만 비폭력, 선불교, 환각 같은 것은 레인 할머니가 끼워 넣은 단어들이 분명했다.

마이크로프로세서? 난 나무탁자 위에 놓인 종이를 보며 얼굴을 찡그렸다. 이건 할머니가 넣으신 건가, 3학년 단어인가? 이런 용어는 여태껏 들어본 적이 없는데 말이지.

난 내가 진행하는 과학 프로젝트에 방해되지 않도록 조심스레 집 밖으로 나왔다. 현관 지붕에 달아놓은 푸코 진자가 바로 그것인데, 교육청에서 나온 심사관이 이 정도면 전국 과학전람회에 나가도 충분하겠다고 했다. 하지만 애석하게도 우리는 트로피나 메달을 강조하는 모든 경쟁을 믿지 않는다. 그건 공허한 영혼을 겉만 반질반질 빛나게 하려는 상징이니까.

레인 할머니는 내가 정규 학교에 가면 온통 속임수만 배우게 될 거라고 말했다. "그런데도 네 프로젝트가 뛰어나다는 평가를 받았으니 여기서 나랑 함께 하는 교육이 그만큼 뛰어나다는 사실이 입증된 셈이지. 안 그러니?"

난 나무 위쪽에서 자두를 따려고 팔을 뻗고 있는 할머니를 발견했다.

"할머니, 이해 안 되는 단어가 있……."

그런데 내가 말을 채 끝맺기도 전에 사고가 났다. 할머니가 나뭇가지로 떨어지는가 싶더니 다음 순간 바닥에 누워 있었다. 할머니가 추락하던 순간을 떠올리려 해도 떠올릴 수가 없다. 쿵 하는 둔탁한 소리가 난 다음 들려온 가냘픈 비명만 생각날 뿐…….

"아!"

쿵.

"할머니!"

내가 달려갔을 때 할머니는 흩어진 자두 열매들 사이에서 옆으로 누워 있었다. 할머니의 얼굴은 새하얗게 질려 있었는데 꼼짝도 하지 않았다.

난 갑자기 공포에 사로잡혔다. 할머니는 나의 선생님이자 나의 가족, 나의 우주, 나의 모든 것이니까. 갈런드 농장은 '우리' 둘만의 공동체였다!

난 할머니 옆에 무릎을 꿇었다.

"할머니, 괜찮으세요?"

할머니가 떨리는 눈으로 나를 뚫어지게 바라봤다. 웃으려고 애썼지만 고통에 얼굴을 찡그렸다.

"캡."

할머니가 힘없이 말했다.

난 벌떡 일어섰다.

"캐퍼티 선생님을 모시고 올게요!"

캐퍼티 선생님은 몇 킬로미터 떨어진 곳에 사는 의사다. 정확히 말하면 수의사이지만, 여섯 아이의 아빠가 된 후로는 종종 사람들을 치료하곤 한다. 내가 여덟 살 때, 내 상처를 꿰매준 적도 있었다.

할머니가 떨리는 손으로 내 팔을 움켜쥐었다.

"이번엔 진짜 의사가 필요하단다. 사람들을 치료하는 의사 말이야."

할머니가 다른 나라 말을 하시나, 하는 착각이 들었다. 내가 기억하는 한, 갈런드 농장에서 필요한 모든 치료는 캐퍼티 선생님이 해왔기 때문이다.

하지만 할머니는 또박또박 말했다.

"날 병원으로 데려가야 한다."

할머니는 늘 내게 말했다. "분노하면 내면의 균형이 깨지고 만단다."

또 이렇게도 말했다. "그러니 네가 누군가에게 분노를 터뜨리면, 넌 그 사람을 공격한 것보다 더 많이 너 자신을 공격하는 셈이란다."

그런데 나무에서 떨어지고 나서 할머니는 그 말씀을 잊은 모양이다. 간호사가 나를 병실에 들여보내주었을 때, 의사에게 큰 소리로 고래고래 고함치는 할머니를 내 두 눈으로 똑똑히 보았기 때문이다.

"8주나 입원을 하라니! 8일도 안 돼!"

"선택의 여지가 없으십니다."

의사가 사무적으로 말했다.

"엉덩이뼈가 골절되었습니다. 골절 치료는 꽤 오랜 시간이 걸립니다. 할머님의 일정에 맞지 않는다고 그냥 넘어갈 일이 아니에요."

"내 말을 뭐로 듣는 거요?"

할머니는 또다시 꽥 소리쳤다.

"손자를 돌봐야 한다니까. 그 아인 나밖에 없는 애요!"

"아이 부모는요?" 의사가 물었다. "부모는 어디 있죠?"

할머니는 고개를 저었다.

"오래전에 죽었지. 말라리아로. 아프리카 나미비아에서 평화봉

사단으로 활동했다오. 자기들 신념대로 산 게지."

할머니 말이 실제보다 더 좋지 않게 들렸다. 하지만 내가 아는 건 부모님의 낡은 사진이 전부였다. 두 분은 내가 어렸을 때 농장을 떠났다. 그때는 갈런드 농장 사람은 모두 한 가족이라는 규칙이 있었다. 그래서 농장에서 혈연관계는 별 의미가 없었다. 아주 어렸을 적, 갈런드 농장에 살았던 사람들이 어렴풋이 기억난다. 하지만 그들이 내 부모님인지는 확실치 않다. 확실치 않은 것을 그리워할 수는 없는 노릇이다.

난 할머니 침대 곁으로 달려갔다.

"할머니, 괜찮으세요?"

할머니는 심각해 보였다.

"캡, 문제가 생겼단다. 문제가 생기면 어떻게 하기로 했지?"

"논의하고, 신중히 생각하고, 해결책을 찾는 거죠."

난 식은 죽 먹기라는 듯 대답했다. 내가 태어나기 훨씬 전인 1967년, 갈런드 농장이 생길 때부터 농장 사람들이 써온 문제 해결법이다. 이제는 우리 둘뿐이라서 할머니는 내게 결정권을 주었다. 할머니는 나를 어린애 취급 하지 않았다.

의사는 점점 초조해졌다.

"사촌은 없어요? 아니면 학교에 친한 친구는요?"

"저는 집에서 공부해요."

내 대답에 의사는 한숨을 쉬었다.

"로젠블라트 할머님…….."

"그 이름 안 쓴 지 수십 년 됐소. 그냥 레인이라고 부르쇼."

"알았어요, 레인 할머님. 이제 입원하실 겁니다. 아침에 수술 들어갈 거고요. 손자 분은 제가 복지단체에 전화할 거예요."

그제야 난 앞으로 내게 무슨 일이 닥칠지 걱정되기 시작했다.

과거와 만난 도넬리 아줌마

　그런 머리, 그런 목걸이를 한 채 서 있는 소년을 보자마자 난 알았다.
　갈런드 농장. 틀림없다. 1970년 이후 그런 모양을 하고 다니는 사람은 아무도 없었다. 갈런드 농장 사람들만 빼고.
　소년은 겁을 먹었다. 그럴 만한 이유가 있었다. 앞으로 그 소년이 어떤 일을 겪게 될지 난 다른 누구보다도 잘 알았다.
　난 손을 내밀었다.
　"도넬리 아줌마야."
　소년은 내 손을 잡으려 하지 않았다.
　"캐프리콘이에요."
　캐프리콘. 요즘 애 이름치곤 너무 고전적이지 않나? 하긴 내 이름 플로라는 '꽃 천지'를 뜻하는 플로라먼디(floramundi)의 줄임말이다.

30여 년 전에 그곳을 떠났지만, 소년을 보는 순간 알록달록한 판초, 무공해 렌즈콩이 물밀듯이 기억 속에 떠올랐다.

내가 다섯 살 때 우리 가족은 갈런드 농장으로 이사했다. 너무 어려서 그전은 기억이 나지 않는다. 6년간 갈런드 농장은 내 세상이었다. 내 엄마 아빠는 다른 애들의 엄마 아빠이기도 했다. 난 촌뜨기 옷에 맨발로 다녔고, 베트남전쟁에 반대했으며, 농장 잡일을 거들고, 시타르 연주 음악을 들었다.

나이가 들어 더는 히피 생활을 못 하겠다고 판단한 부모님 때문에, 우리 가족은 세상으로 나왔다. 맹세컨대 난 그제야 농장에서의 삶이 정말 특이했음을 알았다. 그때가 마치 어제처럼 생생하다. 문손잡이 돌리는 법조차 모르던 히피족 소녀는 어느 날 갑자기 자신이 살던 곳보다 수백 년은 앞서나간 세상 한가운데에 뚝 떨어졌다.

난 캐프리콘 앤더슨을 바라보았다. 내 앞에 있는 소년은 사회 복지사의 도움이 필요한 불우 청소년이 아니었다. 존 F. 케네디와 비틀스를 빼곤 이미 오래전에 1960년대를 잊어버린 세상으로 온 시간여행자였다.

내 오른손에 쥔 종이에는 아동복지국이 지정한 보호시설 주소가 적혀 있었다. 난 종이를 갈가리 찢어 가까운 쓰레기통에 던졌다.

"자, 캐프리콘, 몇 주 동안 우리 집에서 지내야 할 것 같구나."

"안 돼요!"

소년이 소리를 질렀다.

"농장으로 가야 해요. 자두를 아직 담지 못했어요. 사과도 담아야 하고요. 레인 할머니가 집에 오시기 전에 다 해야 해요."

난 레인을 기억했다. 갈런드 농장을 세운 사람들 중 하나인데, 내가 살던 그때에도 농장의 여왕벌 같은 존재였다. 난 늘 그녀가 무서웠고, 그녀를 마녀라고 생각했다.

"잠깐만……"

난 모든 것을 조각조각 맞춰보았다.

"레이철 에스더 로젠블라트가 레인이야? 네 할머니 레인?"

소년의 얼굴이 밝아졌다.

"할머니를 아세요?"

그제야 난 캐프리콘이 무슨 생각을 하는지, 그 소년을 위해 내가 뭘 해야 할지 이해했다.

"예전에, 네가 태어나기 전, 우리 가족도 갈런드 농장에 살았어. 레인 할머니도 갈런드 농장을 이해하는 사람이 너랑 함께 있어주길 바라실걸?"

난 그렇게 해서 소년을 집에 들이게 되었다.

골칫덩어리 잭

난 스쿨버스에서 통로 양쪽을 번갈아 가며 하이파이브를 했다.
"어이, 잭!"
"어, 그래, 안녕."
학교 진입로로 껑충 뛰어내렸다. 아름다운 9월. 바야흐로 나의 시대다. 난 3학년, 미식축구팀과 축구팀 주장이자 학교 짱이다. 2년 동안 다른 사람들을 올려다보다가 마침내 모두가 나를 올려다보는 자리까지 왔다.
모든 게 완벽했다.
난 얼굴을 찡그렸다. 아니, 그리 완벽하지 못하군. 학교 앞 잔디밭 표지판 때문이었다.

클래버리지(CLAVERAGE) **중학교에 온 것을 환영합니다.**

누군가가 다시 고쳐놨다. 정말 맘에 안 들어.

주변에 선생님들이 있나 둘러봤다. 소렌슨 선생님은 스쿨버스를 보느라 등을 돌리고 있었다. 난 손을 뻗어, 알파벳 하나를 확 잡아챘다. 이제 표지판 내용은 이렇게 됐다.

평균 C(C AVERAGE) 중학교에 온 것을 환영합니다.

훨씬 낫잖아. 난 덤불 뒤로 가서 알파벳 L을 찌그러뜨리고, 2학년 여학생들의 흠모를 받으며 걸었다. 위험한 일이지만, 누군가는 해야 한다. 평균 C 중학교에서 모든 중요한 일은 내가 맡는다.

지난해에 내가 보잘것없는 사람이었다는 뜻은 아니다. 2학년에서 인기 짱이었으니까. 하지만 상급생이 돼야 진짜 학교 주인이라고 할 수 있다. 내가 책임진 일들을 실수로 망치진 않을 거다.

예를 들자면, 학생회장 선거가 곧 다가온다. 내가 출마한다는 게 아니다. 어림없는 소리! 평균 C 중학교에서는 전통적으로 제일 숙맥인 애를 후보자로 추천한다. 다른 누구도 입후보하지 않아서, 숙맥이 자동으로 당선된다. 그리고 1년 내내 그 숙맥이 연설하고, 회의를 열고, 웃음거리가 되는 걸 즐겁게 지켜본다.

제대로 된 숙맥을 고르면 진짜 재밌어진다.

모두가 염두에 둔 유력한 후보가 있다. 유치원 때부터 최고의 숙맥은 단연코 휴 윙클맨이었다. 이 멍청한 녀석은 무수한 똥침

(우리의 똥침과 달리, 팬티나 바지 고무줄을 뒤쪽에서 허리 위로 잡아 올려 옷이 엉덩이에 끼도록 하는 것임:옮긴이)의 희생자였다. 녀석의 허리 고무줄이 머리 꼭대기에 붙었을 정도니까. 과장이 좀 심했나?

휴는 백만 년에 한 번 나타날까 말까 한 최고의 회장 후보임에 틀림없다. 내 생각은 그렇다.

교실로 가는 도중에 카시기 교감선생님이 나를 불러 세웠다. 옆에는 이제껏 본 애 중에 제일 이상하게 생긴 녀석이 서 있었다. 큰 키에 갈퀴처럼 앙상한 꼴을 하고 있었다. 맹세컨대 녀석은 태어나서 이발소 근처에 한 번도 안 가봤을 거다. 펄럭이는 기다란 금발이 등까지 내려왔고, 옷은 집에서 만든 파자마 같았다. 신발은 개척자 시대 때나 신었을 것 같은, 옥수수 껍질로 엮은 샌들이었다. 움직이면 부스럭부스럭 소리가 나는 그런 거 말이다.

교감선생님이 녀석을 내게 소개했다.

"잭 파워, 이쪽은 캐프리콘 앤더슨이다. 방금 전학 왔단다."

그럼 그렇지, 크립톤 행성(슈퍼맨의 고향:옮긴이)에서 왔군.

"캡한테 743번 사물함을 보여주고, 교실까지 좀 안내해줘라."

교감선생님은 이렇게 말하고는 자기 방으로 서둘러 가버렸다.

정말 이해할 수 없는 건 녀석이 나를 이상한 사람 보듯 빤히 쳐다보는 거였다. 마치 애들 구경을 단 한 번도 못 해봤다는 듯이!

"야, 이리 따라와."

우리는 필요 이상의 극심한 관심을 받으며 복도를 걸었다.

"새로 온 애래."

녀석이 내 패거리라고 생각할까 봐 난 일부러 큰 소리로 말했다.

"교감선생님이 안내 좀 해달라고 하셨어."

우리는 곧 743번 사물함 앞에 도착했다.

"여기야. 비번 받았지?"

그러자 녀석이 멍하니 나를 바라봤다.

"사물함 비밀번호 말이야."

녀석은 내 생각보다 훨씬 멍청한 게 분명했다.

"오리엔테이션 안내문에 적혀 있잖아."

"근데 그게 무슨 말이야?"

녀석의 당황한 모습만 아니었다면, 녀석이 나를 놀린다고 생각했을 거다.

"봐…… 내가 알려줄게. 17…33…5."

딸각 소리를 내며 문이 휙 열렸다.

녀석은 마치 숨어 있는 퓨마라도 찾을 기세로 안을 뚫어지게 봤다.

"비었네."

난 짜증이 나기 시작했다.

"당연히 텅 비었지. 아직 뭘 안 넣었으니까."

"여기에 뭘 넣는데?"

녀석이 정말 궁금하다는 표정으로 물었다.

"그걸 내가 어떻게 아냐? 넣는 사람 맘이지."

"물건을 넣고 잠그면 우리 자신을 가두는 거나 마찬가진데."

녀석이 확신에 찬 목소리로 말했다.

날이면 날마다 듣는 그런 말이 아니었다.

"너, 전에 어느 학교 다녔냐?"

"집에서 공부했어."

그러더니 녀석이 느릿느릿 이어 말했다.

"할머니가 엉덩이를 다치셔서 나 혼자 농장에 있을 수 없기 때문에 여기로 온 거야."

휴 윙클맨, 너 운 좋은 줄 알아라. 녀석이 나타난 덕분에 우리 학교 최고의 얼간이 신세를 면하게 됐으니 말이야. 캡 앤더슨만큼 학생회장직에 딱 맞는 애를 난 여태껏 본 적이 없었다.

올해는 정말 나의 해로군! 난 속으로 중얼거렸다.

설레는 캡

"병신아, 뭘 봐?"
"뭐라구, 찌질아?"

한 남자애가 책가방을 휙 돌려 다른 남자애의 머리를 쿵 쳤다. 그러자 얻어맞은 남자애가 주먹으로 상대의 코를 쳤다. 잠시 후 둘은 주먹다짐을 하면서 잔디밭을 굴렀다.

난 겁이 났다. 책에서 폭력을 보긴 했지만, 실제로 본 건 처음이었다. 그건 불시에 찾아왔고, 번개처럼 빨랐다. 사납고, 맹렬하고, 추잡했다.

곧 둘의 주변으로 구경꾼들이 빙 둘러섰다. 신나서 외치는 소리가 학교 운동장에 울려 퍼졌다. "싸워라! 싸워라! 싸워라! 싸워라……!"

그때 목에 호루라기를 건 건장한 선생님이 나타났다.

"그만두지 못해!"

선생님은 애들 틈을 비집고 들어가 둘을 떼어났다.

"자, 누가 먼저 시작했지?"

"얘요!"

둘은 상대를 가리키며 동시에 말했다.

선생님은 구경하는 애들을 둘러봤다.

"본 사람 없어?"

아무도 입을 뻥긋하지 않았다.

"얘들아, 무슨 일이 일어난 건지 본 사람 없니?"

"제가 봤어요."

내가 나섰다.

"그래?"

"찌질이는 병신이 뭘 보나 궁금해했고요, 병신은 찌질이가 왜 궁금해하는지 궁금해했어요."

난 피투성이에 흙 범벅이 된 찌질이와 병신을 진지하게 바라보며 말했다.

"너희 둘은 가까이 붙어 있었어. 다른 애가 뭘 보는지 굳이 물어봐야 아니?"

그러자 선생님의 얼굴이 벌게졌다.

"너 지금 선생님을 놀리는 거냐? 네가 무슨 제리 사인펠트(미국의 유명 코미디언:옮긴이)인 줄 알아?"

"선생님, 다른 애하고 착각하시나 본데요. 저는 캐프리콘 앤더슨이라고 해요."

"너 지금 말대꾸하는 거냐?"

난 당혹스러웠다. 선생님이 물어보기에 솔직하게 대답한 것뿐인데 말이다.

"네?"

난 소심하게 대꾸했다.

선생님이 고함을 멈출 무렵, 두 애는 이미 스쿨버스를 타고 집으로 가버렸다. 카시기 교감선생님 방으로 끌려간 사람은 바로 나였다.

도넬리 아줌마가 왔을 때, 난 긴 의자에서 기다리고 있었다.
난 벌떡 일어섰다.
"할머니는 괜찮겠죠?"
"그것 때문에 왔어. 어서 할머니한테 가보자꾸나."
아줌마는 미간을 찡그렸다.
"규정에 어긋나는 일이긴 한데……"
아줌마는 나를 끌고 복도로 나왔다.
"병원까진 시간이 좀 걸려. 교감선생님께는 내가 나중에 얘기하마."

병원까지 한 시간이 넘게 걸렸지만, 그만한 가치가 있었다. 할머니의 수술이 잘됐다는 좋은 소식이 기다리고 있었으니까.

"이제 우리 집에 가는 거죠?"

난 걱정스레 물었다.

할머니가 슬프게 웃었다.

"의사 말이 맞았어. 회복하려면 시간이 오래 걸리겠어. 날 일찍 퇴원시키지 않을 게다."

할머니가 내 손을 잡았다.

"속상한 거 다 안다. 하지만 우린 강해져야 해."

"난 바깥세상에 있는 게 싫어요."

난 푸념했다.

"사람도 엄청나게 많고, 옷은 다 왜 그 모양으로 입는지…… 말도 빠르고, 다들 물건에만 관심이 있어요! 아이폰, 닌텐도, 스타벅스. 근데 스타벅스가 뭐죠?"

할머니는 속상해 보였고, 이전보다 더 나이가 들어 보였다.

"캡, 내 말을 들어줬으면 좋겠구나. 그리고 나를 원망하지 말아주렴."

"할머니를 원망하다뇨?"

"난 갤런드 농장에 믿음을 갖고 있어." 할머니가 말했다. "우리가 함께 일군 삶이 옳다고 믿는단다. 하지만 이 할미가 바보 같은 생각을 했지 뭐냐. 아직 네가 어려서 바깥세상을 몰라도 된다고 생각했거든. 바깥세상은 좋은 곳이 아니고, 준비 없이 그곳으로 네가 팽개쳐지는 게 싫었던 게지."

우울함에 관해 읽어본 적은 있지만, 실제로 그런 기분을 느낀 건 처음이었다. 돌덩이가 가슴을 짓누르는 듯했다. 난 힘이 없어서 돌덩이를 들어 올릴 수 없었다.

"할머니, 무서워요."

"애야, 그러지 마라." 할머니가 단호히 말했다. "그저 있는 그대로의 네 모습, 네가 믿는 가치관에만 마음을 둬. 넌 주(州)에서 치르는 시험을 다 통과했어. 게다가 늘 상위 5퍼센트 안에 들었고. 넌 누구 못지않게, 아니 그 누구보다도 영리하고 실력이 있어."

"오늘 학교에서 본 건 시험이랑 아무 상관이 없었어요."

할머니는 내 말을 알겠다는 듯이 웃었다.

"그래, 맞다. 정보와 경험은 같지 않지. 넌 텔레비전이 뭔지 알지만, 본 적은 없어. 피자 역시 마찬가지고. 우정이 뭔지는 알지만, 친구는 없었잖니."

"할머니가 친구인데요."

"그래그래."

할머니가 맞장구를 쳤다.

"근데 난 정확히 말하면 10대 청소년은 아니잖니."

"오늘 학교에서 다른 10대 애들을 만났지만 정말 별로였어요. 애들은 끊임없이 소리 지르고 욕을 해대요. 어떤 두 애는 폭력까지 썼고요! 범죄나 전쟁에서나 폭력을 쓴다고 생각했는데. 뭣 때문에 폭력을 썼냐면……."

난 무기력하게 어깨를 으쓱했다.

"설명을 못 하겠네요."

"그렇게 실망할 필요는 없어." 할머니는 한숨을 쉬며 말했다. "모두가 비폭력을 받아들이는 건 아니니까."

"학교에는 사물함이라는 게 있어요." 난 열변을 토했다. "복도에 사물함이 줄지어 있어요. 그게 뭐에 쓰는 건지 아세요? 물건을 넣고 잠그는 거래요. 다른 사람이 훔쳐가지 못하게요! 모두가 나눠 쓰면 되는 거 아닌가요?"

할머니도 분명 나랑 같은 생각을 했을 거다. 몹시 걱정스러운 표정이었기 때문이다.

난 과장하며 계속 지껄였다.

"있잖아요, 학교에선 일반적인 시간 개념이 없어요. 수업시간 단위로 생활해요. 갑자기 종이 울리면, 하던 걸 멈추고 다른 선생님이 있는 다른 교실로 가서 전혀 다른 걸 해요! 어떻게 그런 식으로 배우죠?"

그때 똑똑 문 두드리는 소리가 났고, 도넬리 아줌마가 방 안으로 머리를 내밀었다.

"할머니, 안녕하세요! 좀 어떠세요?"

"플로라먼디, 오랜만이네."

할머니는 아줌마를 위아래로 훑어봤다.

"너희 가족이 옳다고 믿던 삶의 방식과 가치관을 버리고 떠났을 때가 엊그제 같은데, 네가 이렇게 잘 지내온 걸 보니 기분이 좋구나."

할머니와 아줌마는 아줌마의 부모와 몇몇 다른 사람 이야기를 나눴다. 몇몇 이름은 들어본 것도 같은데, 어쨌든 기억나는 사람은 없었다. 갈런드 농장의 전성기는 내가 태어난 해인 1994년보다 훨씬 이전에 이미 막을 내렸다.

정다운 얘기가 오갔지만, 할머니가 플로라먼디라고 부를 때마다 아줌마는 긴장했다. 아마 아줌마네 가족이 갈런드 농장을 떠났고, 더는 그곳에 살지 않기 때문일 거다. 난 그 마음을 이해했다.

우리는 집에 도착했다. 아니, 안타깝게도 우리 집이 아니고, 아줌마네 집이었다.

아줌마네 집은 계단이 너무 많다는 점만 빼곤 꽤 멋졌다. 아까 낮에 학교에서 일어났던 싸움처럼, 계단이 많을 이유는 딱히 없어 보였다. 거실은 몇 계단 아래에 있었고, 침실은 몇 계단 위에 있었다. 부엌은 그 가운데에 있고. 도넬리 아줌마는 부분별로 높이가 다르게 설계된 집이라고 했다. 계단 없이 그냥 평평하게 하면 될 텐데 굳이 이렇게 한 까닭은 뭘까?

바깥세상은 아주 복잡했다. 갈런드 농장의 건물 재료는 나무가 전부다. 이곳 바깥세상에서는 나무뿐 아니라 벽돌, 돌, 알루미늄까지 집 짓는 재료로 썼다. 건물 안에는 카펫, 타일, 하얀 벽, 다

채로운 색깔, 수백 개의 그림, 커튼, 장식용 술, 시계, 작은 조각상, 그리고 백만 가지가 넘을 것 같은 다른 물건들이 있었다. 쓰임새가 있을 수도 있겠지만, 그저 장식으로 놓여 있는 것 같았다. 알 게 뭐야? 여하튼 집 한 채 안에 엄청나게 많은 물건이 있었다.

도넬리 아줌마는 딸 소피와 함께 살고 있었다.

소피는 고등학교 1학년이었다. 내가 이곳에 머물러야 한다는 사실이 정말 싫었지만 여기에 50배를 곱하면, 내가 머무는 걸 소피가 싫어하는 정도가 나왔다.

"엄마, 미쳤어요? 어쩌자고 저런 괴상한 애를 집에 데려왔어요?"

"쉿, 애가 들어."

"들으라고 한 말이에요."

소피는 거의 비명을 지르다시피 했다.

"쟤는 갈 데가 없어."

도넬리 아줌마가 간곡히 말했다.

"그게 나랑 무슨 상관이에요? 쟤가 엄마가 자란 히피 머시기냐, 하여튼 거기서 왔다고 우리 집으로 데려와야 한단 법은 없잖아요!"

"소리 좀 낮춰."

아줌마가 엄하게 말했다.

"딱 6주야. 두 달이 채 안 된다니까."

"두 달요? 나도 내 삶이 있어요! 내가 조시 와인트롭한테 데이트 받아내려고 얼마나 오랫동안 공들였는지 아세요? 조시가 현관에 앉아 있는 저 이상한 애를 보기라도 하면 뭐라 하겠어요?"

이런 대화가 소피랑 내가 말 한마디 나누기도 전에 오고 갔다. 내가 그날 밤 실수로 소피 방에 들어갈 때까지 난 그녀에게 한마디도 말을 못 했다. 파자마 차림으로 통화 중이던 그녀는 연녹색 크림을 얼굴 전체에 바르고 있었다.

소피가 수화기를 던졌다.

"나가! 당장!"

난 꼼짝도 못하고 서서 그녀를 쳐다봤다.

"그…… 얼굴에, 그게 뭐야?"

"이게 수분 크림이란 걸 알 턱이 있나. 너, 내 방에 들어올 구실만 찾고 있었지!"

난 이해가 안 갔다.

"어디에 수분을 주게?"

그녀는 슬리퍼 신은 발을 동동거렸다.

"내 피부, 이 괴짜야! 화장품이거든, 됐냐? 꺼져!"

난 복도로 뒷걸음쳐 나왔다. 그녀가 방문을 어찌나 세게 쿵 닫던지, 벽이 무너지지 않은 게 놀라웠다. 갈런드 농장에서라면 무너졌을 텐데.

난 내가 본 것에 온몸이 마비되어, 한동안 방문을 쳐다보며 계속 서 있었다. 미인. 내 머릿속에 정말 오랫동안 자리했던 단어. 소피 도넬리는 예뻤다. 책표지에서 예쁜 여자애들을 본 적이 있었다. 할머니랑 물건을 사러 마을에 나갔을 때도 먼발치에서 예쁜 여자애들을 본 적이 있었다. 하지만 실제로 만난 건 처음이었다.

이렇게 강한 여운이 남을 줄은 생각도 못 했다. 그녀 옆에 서 있기만 했는데, 심지어 그녀는 나한테 소리를 꽥 질러댔는데, 기분이…… 최고였다.

갈런드 농장 밖의 세상은 확실히 복잡 미묘했다.

똥침박사 휴

어른들은 늘 아이들의 행동을 이해하려 애쓴다. 교수들이 중학교로 와서 연구나 실험을 하고 1,000페이지짜리 연구논문을 낸다.

근데 그거 아는지 몰라? 어른들은 아무것도 모른다는 거.

중학생을 이해하는 유일한 방법이 있다. 똥침 연구다. 똥침 가해자와 똥침 피해자, 즉 똥침 경험이 있는 애들의 말을 들어보는 거다.

말하기 좀 그렇지만, 난 똥침 피해자 중 한 명이다. 잭 파워와 레나 영 패거리는 많은 아이들을 함부로 대한다. 그래도 통계를 내면, 피해자 1순위는 나일 거다.

캐프리콘 앤더슨이 나타나기 전까지는.

나라도 그런 녀석은 괴롭히고 싶을 거다. 그렇다고 내가 누굴 괴롭힌다는 말은 아니다. 난 그런 멍청이들처럼 저질 행동은 안

할 거다. 그런데 정말 캐프리콘은 대박이었다.

녀석은 보통의 괴짜와는 달랐다. 외골수 컴퓨터광도, 잘난 척 잘하는 체스 고수(내가 그렇다)도 아니었고, 클링온어(영화 〈스타트렉〉에 등장하는 외계인의 언어:옮긴이)를 말할 줄도 몰랐다. 스타트렉이란 말도 들어본 적 없다니 말 다 한 셈이지 뭐. 샌님도 그런 샌님이 또 없었다.

녀석이 학생식당에 앉아 있으면, 애들이 녀석을 뚫어지게 봤다. 맙소사, 애들이 나 말고 다른 누군가를 본다는 게 이렇게 좋을 수가 없었다. 난 녀석한테 다가갔다. 이런 녀석일수록 말 걸어주는 친구가 필요할 테니 말이다.

"캐프리콘 맞지?"

난 녀석의 맞은편에 식판을 놓았다.

"난 휴야. 사회수업 같이 듣는."

내가 손을 내미니, 녀석은 그저 내 손을 바라만 봤다. 무시는 아니었다. 확실했다. 무시에 관해서라면 난 대학에서 강의도 할 수 있다. 이건 무지였다. 녀석은 어떻게 행동해야 할지 모르는 거였다.

"너, 기억나."

녀석이 마침내 말을 꺼냈다.

"여기 사람 진짜 많다. 기억하기 어려울 정도야."

"내가 도와줄게."

난 잭과 레나가 얘기 중인 테이블을 가리켰다.
"쟤네는 여기가 지들 건 줄 알아. 뭐, 사실 그렇긴 하지만, 암튼 쟤네랑 가까이하지 마. 널 잘게 썰어 살라미 소시지로 만들 수 있으니까. 저 패거리 주변을 얼쩡거리는 애들은 운동선수 아니면 열렬한 추종자야. 걔들하고도 가까이하지 마. 헤비메탈 음악 하거나, 약물 중독이거나, 힙합 하거나, 환경운동 하거나, 야구모자 거꾸로 쓴 애들이랑은 엮이고 싶지 않잖아, 그치?"
녀석은 멍한 표정이었다.
"있잖아, 그러니까 생존법. 네가 전에 다녔던 학교에도 분명 있었을 텐데."
"난 집에서 공부했는데."
들어는 봤지만, 학교 안 다니고 집에서 공부한다는 애를 직접 만나보지는 못했다.
"진짜? 그건 어떤데?"
"아주 좋아."
녀석은 힘없이 말했다.
"그랬을 거 같다." 난 진심으로 동의했다. "아침마다 언제 똥침을 당할지 모르는, 그런 지옥으로 걸어갈 걱정 안 해도 되니 좋았겠네."
"똥침이 뭐야?"
와우. 집에서 공부하는 게 정말 좋긴 좋구나! 난 질문에 답하지

38

않았다. 곧 알게 될 테니까.

샐러드, 당근, 통밀빵 두 조각이 전부인 캡의 도시락에 눈이 갔다. 그런데 녀석도 똑같이 호기심 어린 눈으로 내 햄버거를 보고 있었다.

"동물의 어느 부위로 만든 고기냐?"

"몰라." 난 생각에 잠겨 씹어댔다. "한번 먹어볼래?"

"난 채식주의자라서."

그때 우리 뒤에서 너무나 익숙한 쉭 소리가 들렸다. 아마 우리 학교 천 명 중 딱 한 명만이 알아들을 소리였다. 내가 바로 그 한 명이었다. 씹어 만든 종이공이 날아오는 소리(종이를 씹어 뭉쳐 만든 공을 빨대에 넣고 불어서 표적에 맞힌다:옮긴이).

난 종이공에 맞기를 기다리며 긴장했지만 표적은 내가 아니었다. 종이공은 캡의 물결치는 긴 머리 뭉치 위로 떨어져 앉았다. 하지만 녀석은 알아채지 못했다. 녀석의 머리는 벌새 두 마리가 숨어 둥지를 틀고도 남을 만큼 부스스했다.

잭의 테이블에서는 등을 치고 손바닥을 마주치며 즐거워했다. 잭의 절친이자 잭 못지않게 야만적인 대릴 페니필드가 방정을 떨어댔다. 난 대릴을 '백발백중'이라 부른다. 물론 그 애 앞에선 그렇게 부르지 않는다. 대릴의 얼굴이 가까이 오면 내 얼굴은 보통 사물함 깊숙이 향해 있으니까. 그런데 그때 나오미 얼랭어가 손에 빨대를 들고 있는 게 보였다. 대릴이 쏜 게 아닌 모양이었다.

스피커에서 카시기 교감선생님의 목소리가 흘러나왔다.
"다시 한 번 공지한다. 9월 26일 화요일에 학생회장 선거가 있다. 3학년 학생이면 누구나 출마할 수 있다. 지금까지는 한 명만 추천자 명단에 올랐다. 캐프리콘 앤더슨. 이상."
난 당황했다.
"네가 회장에 출마해? 온 지 1주일도 안 됐잖아?"
캡은 천장 한구석에 달린 스피커를 신기한 듯 뚫어지게 쳐다봤다.
"방금 저 사람 누구야?"
"교감선생님이잖아. 너 진짜 출마 안 했어?"
"응."
"근데 왜 교감선생님은……."
그때 난 알아챘다.
잭과 그 일당이 우쭐대며 짓고 있는 승리의 미소가 모든 걸 말해줬다. 캡이 자기를 추천한 게 아니었다. 잭의 짓이었다. 작년에 3학년 학생 전체가 루크 시마르라는 컴퓨터 천재를 회장에 당선시킨 뒤 말 그대로 가지고 놀았다. 결국 학년말에 불쌍한 루크 시마르는 졸업을 포기하고 대안학교에 지원했다. 자기 삶을 비참하게 만든 애들을 단 하루도 더 보고 싶지 않아서였다.
이제 우리가 3학년이고, 그 일을 반복할 차례였다.
캡에게 조심하라는 경고를 하고 싶었다. 단어들이 혀끝에 맴돌

앉다. '당장 가서 네 이름을 명단에서 빼! 어서! 안 그럼 늦어…….'

그때 이런 생각이 들었다. 캡 앤더슨이 없었다면, 아까 전교생 앞에서 내 이름이 발표됐을 거다. 내가 제2의 루크 시마르가 되지 않게 해줄 유일한 사람은 바로…….

난 열었던 입을 다문 채, 가만히 있었다. 그리고 캡의 부스스한 머리에 여전히 꽂혀 있는 종이공을 보지 않으려고 애썼다. 기분이 좋지 않았지만, 이런 생각이 들었다.

나보다는 이 녀석이 되는 게 낫잖아.

갈등하기 시작하는 나오미

때가 오고 있었다. 난 느낄 수 있었다.

언젠가 잭 파워는 내 남친이 될 거다. 물론, 잭은 레나 곁을 맴돈다. 모두 다 아는 사실이다. 하지만 레나가 잭한테 진심이 없다는 걸 잭 역시 곧 알게 될 거다. 그뿐 아니라 레나가 대릴 페니필드를, 그리고 뽀루지처럼 우스꽝스러운 혀 피어싱을 한 그랜트 터브먼도 좋아한다는 사실을 알게 될 거다. 내가 레나에 관해 하는 말은 믿어도 좋다. 레나는 나랑 가장 친하니까.

원래 예쁜 데다 개성도 강한 레나와 경쟁하는 게 난 힘들다. 레나는 무언가 쟁취할 때 불도저처럼 밀고 나간다. 하지만 그렇다고 비열한 방법을 쓴다는 말은 아니다. 사람들은 레나를 좋아해서 그 애가 말하는 대로 따른다. 말하는 대로 하지 않으면 비참하게 밟히는 탓도 있지만, 그게 이유의 전부는 아니다.

난 레나보다 부끄러움을 잘 타고, 44 사이즈 바지에 다리를 비집어 넣거나 하얗게 분칠하는 걸 좋아하지 않아서, 잭의 관심을 받으려면 더 열심히 노력해야 했다.

그런데 우리 학교 샌님 중에 최고 샌님(휴 윙클맨 말고, 캐프리콘 앤더슨 말이다)이 나한테 동점 골을 가져다줄지 누가 상상이나 했을까?

학생식당에서 종이공을 쏘는 순간, 잭의 시선을 느꼈다.

"궤도 잘 잡았네."

잭이 한마디 했다. 그러더니 내 감자튀김을 마저 먹어도 되냐고 물었다. 우리 관계에 새로운 전환점이 생기는 순간이었다. 잭한테 가는 길은 새로 나타난 저 히피 애를 통해 쭉 뻗어 있었다.

예: 잭은 캡을 학생회장으로 만들려고 했다. 다른 애들은 휴 윙클맨을 염두에 뒀지만 난 재빨리 캡의 선거운동에 참여했다. 카시기 교감선생님의 의심을 사지 않으려면 진짜 선거운동처럼 보이게 할 필요가 있었다.

우리는 포스터를 만들었다. 난 '학생들이 선택한 캐프리콘 앤더슨'이란 카피가 맘에 들었다. 내가 이 포스터를 색칠할 때 잭이 이렇게 말했기 때문이다.

"나오미, 완벽하게 안 해도 돼. 안 그래도 다 걔를 찍게 돼 있으니까."

그때 잭의 손이 내 손을 스쳤다.

선거운동은 잭과 나만으로도 충분하다고 말하자, 레나는 약간 의심스러워했다. 절대 레나의 눈 밖에 나서는 안 됐다. 하지만 잭과 내가 사귈 때쯤이면, 뭐 아마 레나도 대릴(아니면 그랜트)과 뜨거운 관계가 돼 있을 거다. 그래서 안심이 됐다.

잭은 아주 영리하고 침착했다. 잭의 머리에서 나온 계획은 마치 블록버스터 영화를 보는 듯했다. 우리는 포스터를 붙이고, 출마하려는 다른 두 멍청이를 협박해 막았다. 그리고 개봉 박두! 캐프리콘 앤더슨이 무경쟁으로 학생회장에 당선되었다.

"무슨 일이 일어나는지 저 숙맥이 모르는 게 더 압권이야."

잭이 낄낄거렸다.

"저 더벅머리가 무슨 생각을 하는지 누가 알겠어?"

레나가 콧방귀를 뀌었다.

내 생각에 캡은 이 학교에 새로 오면 누구나 이 과정을 거쳐야 한다고 생각하는 듯 보였다. 마치 선택 과목을 고르고 등록하듯 말이다. 하지만 난 입을 다물고, 다른 애들이랑 함께 비웃었다.

조회 시간에 잭과 대릴은 새 회장을 어깨에 태운 채 조회대로 행진했다. 학생들은 평균 C 중학교에 새로 온 캡의 이름을 우리가 만든 선거 포스터를 통해 알게 됐고, 복도나 교실에서 이따금씩 마주쳤다. 하지만 전교생이 그와 함께한 건 처음이었다. 전교생 1,100명은 히피 소년을 찬찬히 살펴봤다. 큰 키, 깡마른 몸, 긴 머리, 홀치기염색 옷, 집에서 엮은 샌들 밖으로 삐져나온 발가락. 정말 우스꽝스럽고, 바보 같고, 기이한 모습이 오히려 귀여울 정도였다. 매력적이진 않아도 귀여웠다. 물에 젖은 강아지한테 연민을 느끼듯, 그 애한테 연민을 느끼지 않을 수 없었다.

잭이 소리치기 시작했다.

"연설해! 연설해!"

그러자 다른 애들도 같이 소리쳤다.

카시기 교감선생님이 마이크를 건네자, 캡이 말하는 걸 들으려고 학생들 모두 입을 다물었다.

하지만 캡은 아무 말 없이 그저 우리를 내려다보기만 했다. 한참 동안 단상 위에 그렇게 덩그러니 서 있었다. 난 잭이 진짜 숙맥 범생이를 고른 것인지 의심이 들었다.

캡이 말했다.

"난 회장이 될 수 없어요."

"왜?"

대릴이 몰아붙였다.

캡에겐 버거운 질문이었다. 하지만 마침내 캡이 한 대답은 그 애 외모만큼이나 괴상했다.

"나…… 난 애들 이름을 전혀 몰라."

전교생 1,100명의 투표권자 이름을 줄줄 말하지 못하면 회장 자격이 없다는 거였다.

체육관 가득 큰 웃음소리가 터졌다. 1학년 애들조차 어이없어 했다.

역시 제대로 뽑았어! 난 날아갈 것 같은 기분이었다. 내가 위대한 남자(그러니까 잭) 뒤에 있는 위대한 여자처럼 느껴졌다.

"성공적이야!"

조회가 끝나자, 난 잭한테 축하의 말을 건넸다.

그런데 잭이 내 팔을 잡아끌었다.

"아직 아니야."

"어디 가려고?"

잭의 푸르디푸른 눈이 반짝였다.

"저 숙맥이 천백 명의 이름을 다 외워야 한다고 생각한다면, 우리가 굳이 말릴 필요 없잖아?"

"그러니까 네 말은……?"

내가 채 말을 끝내기도 전에 잭이 어벙한 학생회장을 멈춰 세웠다. 불쌍한 캡! 솔직히 난 캡이 불쌍했다. 원치 않은 자리에 덜컥 오른 캡.

"캡, 나 기억해? 난 잭이야. 이쪽은 나오미." 잭이 인사했다. "우리를 알면, 학교 애들을 다 아는 건 시간문제야."

캡은 근심에 찬 눈으로 천 명이 넘는 학생들이 체육관 입구로 줄줄이 나가는 걸 지켜보았다. 이 일이 정말 새밌지만 않았어도, 잭의 눈이 그토록 푸르지만 않았어도, 난 모든 게 속임수라고 고백해버렸을지 모른다.

"난 이름 잘 못 외워." 캡이 말했다. "아는 사람도 별로 없고."

"넌 할 수 있어."

난 캡을 안심시켰다.

"한……."

캡이 말했다.

"한…… 뭐?"

"한 사람. 난 마을에 물건 사러 나갈 때 사람 구경을 해. 하지만 그때도 레인 할머니가 다 말씀하시니까."

"레인 할머니?"

"우리 할머니. 내가 아는 한 사람이야."

캡과 관련해 내가 잭한테 말할 용기가 나지 않는 게 바로 이거였다. 캡은 우리가 놀리는 것보다 한 수 위에서 우리를 놀린다는 의심이 들었다. 정말 그렇다면, 지구상에서 가장 연기를 잘하는 게 틀림없었다. 웃지 않기 때문이다. 아주 잠깐도.

잭은 자기 계획을 밀고 나갔고, 난 내 계획을 밀고 나갔다. 우리는 진로상담실에 건의함을 갖다 놨다. 학생들이 회장에게 중요한 일을 제안할 수 있는 건의함이었다. 캡은 건의함에 든 쪽지 내용이 모두 거짓이며, 잭과 내가 잭의 미식축구 연습 뒤에 장비실에서 쓴 것임을 전혀 눈치채지 못했다.

잭과 진지하게 연애감정을 키우기엔 너무 많은 시간을 깔깔댔지만, 즐거웠다. 캡이 카시기 교감선생님에게 식수대 물을 게토레

47

이(스포츠 음료 이름:옮긴이)로 바꾸고, 주차장에 투우경기장을 지어 달라고 말할 것을 상상하면 경련을 일으킬 정도로 웃음이 터져나왔다.

뜻밖에도 카시기 교감선생님은 우리의 사기극을 그냥 모른 척하고 넘어갔다. 작년에 시마르 회장 때도 그랬듯, 교감선생님은 학생들 일에 관여하려 들지 않았다. 무슨 이유에선지 모르겠지만, 교감선생님은 캡을 따로 불러, 누군가 너를 놀리고 있다고 귀띔해 주지 않았다.

우리는 계속해서 캡을 가지고 놀았다. 잭은 캡한테 학교신문 기자들과 일주일마다 기자회견을 해야 한다고 했다. 무슨 기자? 바로 우리! 우리는 학교신문 기자가 아니었지만, 캡이 알 게 뭐람?

"진짜 기자를 부르는 건 어때?"

난 조심스럽게 말했다.

"아니."

잭은 단호히 말했다.

"그 샌님들을 회장으로 안 만든 것만도 어딘데."

첫 번째 기자회견장은 있지도 않은 방이었다. 없는 지리실험실을 찾느라 캡은 길 잃은 영혼처럼 복도를 헤맸다. 잭은 애들 몇몇을 미리 곳곳에 심어놓고, 캡한테 엉뚱한 방향을 알려주게 했다.

"음악실에서 좌회전해. 계단을 내려가서, 이중문을 지나고, 보일러 있는 데서 우회전 두 번, 좌회전 한 번……."

우리는 캡한테 기자들을 바람맞혀서 실망했다며, 금요일에 다시 회견을 열기로 했다. 캡은 미안하다며, 더 잘하겠다고 약속했다.

금요일 회견은 226호실에서 열렸다. 실제로 있는 곳이지만, 잠긴 교실이었다. 캡이 문손잡이를 잡고 안간힘 쓰는 동안, 잭은 미식축구 응원단을 보내 캡 바로 옆에서 인간 피라미드를 쌓게 했다. 응원단은 외쳤다.

"캡, 캡, 우리의 캡! 캡이 못 열면, 아무도 못 연다!"

사실, 난 이 계획이 맘에 들지 않았다. 레나가 치어리더였고, 인간 피라미드 꼭대기를 장식한 사람 역시 레나였기 때문이다. 치어리더 복장을 한 애와 경쟁하는 건 승산이 없다. 특히 우리 학교에선 더더욱! 이번 여름에 지하실이 물에 잠기면서 그곳에 보관되어 있던 치어리더 유니폼 상당수가 더러워져 못쓰게 됐기 때문이다.

기자회견이 시작되자 기분이 좀 나아졌다. 레나는 반짝이는 응원수술 대신 기자용 수첩을 들었고, 우리는 복지시설 개선 대책을 캐물었다.

"캡, 학생식당 음식이 아주 형편없는 건 어쩔 생각이죠?"

"캡, 남학생 사물함이 시궁창 같아요! 어떻게 개선할 생각이죠?"

"캡, 지구 온난화와 관련해서, 스쿨버스 에어컨을 켜야 할까요?"

49

"모두 대답할 수 없는 거네요." 캡이 진지하게 답했다. "여러분이 회장을 잘못 뽑았어요."

우리가 제대로 뽑았다는 증거였다.

레나가 기자회견 계획을 짜냈으니, 잭의 눈에 들려면 나도 멋진 것을 짜야 했다.

난 캡을 짝사랑하는 '로렐라이'란 여자애를 가상으로 만들었다. 학생간부를 열렬히 쫓아다니는 2학년으로, 캡의 사물함 틈새로 향수 뿌린 연애편지를 넣는 애로 설정했다.

"완전 근사해."

잭은 이 계획을 아주 좋아했다. 난 매번 편지지에 선홍색 립스틱 자국을 남겼다. 나의 이런 행동까지 잭이 주시한다는 걸 알기 때문이었다.

잭이 캡의 사물함 비밀번호를 알고 있어서, 우리는 그 애 사물함에 매번 기괴하거나 역겨운 무언가(시커멓게 썩은 바나나, 과학실에서 가져온 염소 뇌, 소화제가 든 지퍼락 봉지, 죽은 새 등)를 넣어놓았다. 음수대(飮水臺)가 있는 움푹 들어간 벽에 잭과 딱 붙어서, 캡이 그걸 꺼내 보기를 기다리는 건 즐거운 일과 중 하나였다.

그 어떤 것에도 캡은 별 반응이 없었다. 하지만 죽은 새는 예외였다. 캡은 종이 타월에 죽은 새를 싸서 건물 밖으로 나가더니 화단으로 갔다. 그러곤 무릎을 꿇고 한 손으로 부드러운 흙을 긁어 모으기 시작했다.

우리는 창문으로 그 모습을 지켜봤다.

"쟤 뭐 하냐? 벌레 잡나?"

"아니야." 난 약간 떨리는 목소리로 말했다. "새를 묻고 있어."

잭은 어이없어했다.

"왜?"

캡은 종이 타월에 싼 새를 구멍에 넣은 뒤 흙으로 덮었다. 그러곤 데이지 두 송이를 꺾어다 작디작은 무덤에 놓고 일어서더니, 건초더미 같은 머리에 두른 히피풍 머리띠를 풀고 경건하게 인사했다.

잭 옆에서 캡의 행동을 비웃는 게 현명했으리라. 하지만 지금도 설명할 수 없는 어떤 이상한 기분이 들었다. 그래서 난 밖으로 나가 캡 옆에 섰다. 난 새를 좋아하지 않는다. 하지만 히피 소년 캡의 동정 어린 표정이 너무 정직하고, 너무 순수해서, 내 가슴이 울컥했다. 갑작스러웠지만, 목숨을 잃은 순수한 생명에 슬픔을 표하지 않을 수 없었다.

뭐, 대단한 장례식은 아니었다. 우리는 어린 장의사처럼 그곳에 서 있었고, 바람에 날려 풀어헤쳐진 캡의 머리카락은 열대우림 같았다.

"죽음은 삶의 일부야."

캡은 아무렇지 않게 말했다.

"그저 긴 여행의 일부분일 뿐이지. 훨훨 날아가렴."

애들 몇몇이 우리를 보고 있는 게 느껴졌다. 애들은 우리가 제정신인지 아닌지 확인하려 했던 것 같다. 잭은 유리창 너머에서 못마땅한 표정을 짓고 있었다. 레나라면 이런 짓을 안 했을 거라며, 난 속으로 나를 욕했다. 하지만 옳은 일이라고 생각했기에 후회하지는 않았다.

조만간 잭이 내 남자친구가 되면, 내가 잭을 캡처럼 세심하고 감성적인 남자로 변화시킬 수 있을까.

잠시 후, 구경하던 애들이 캡한테 다가와 조용히 몇 마디 건넸다. 캡은 그 애들에게 이름을 물었다.

캡이 안쓰러운 도넬리 아줌마

 캡을 담당하는 사회복지사로서 캡이 학교생활을 잘하는지 가끔 점검하는 게 내 업무였다. 그런 까닭에, 나는 클래버리지 중학교 프랭크 카시기 교감선생님과 점심을 먹게 됐다.
 "캡은 학업 면에서는 걱정할 게 없습니다."
 교감선생님은 나를 안심시켰다.
 "우리 학교에서 가장 똑똑한 애들과 1, 2등을 다투고 있어요. 정확히 어디서 배웠는지 모르겠지만, 누군가에게 교육을 아주 제대로 받았더군요."
 세월이 지났건만, 나는 레인을 생각하며 몸서리를 쳤다. 갈런드 농장에서는 레인이 선생이었다. 모든 형태의 권력을 거부한 사람임에도, 레인은 교실에서 굉장한 독재자였다. 레인이 히피의 삶을 택하지 않았다면, 아마 무시무시한 해병대 교관이 됐을지 모른다.
 "그런데 사교적인 측면에서는…… 교직 생활을 통틀어 일상생활을 이렇게 모르는 애는 처음 봅니다. 갈런드 농장 출신 애들을 이전에 다뤄본 적이 있으신가요?"

"한 명요." 나는 머뭇머뭇 대답했다. "여자애였는데, 적응하는 데 무척 애를 먹었죠."

그 '여자애'가 바로 나였다는 사실은 굳이 말하지 않았다.

"적응도 적응이지만, 캡은 마치 여행안내서 없이 지구에 온 우주여행자 같더군요! 중학교 체육시간에 투우를 하는 게 대체 가능한 일입니까?"

"투우요?" 나는 되물었다. "어쩌다 그런 얘기가 나왔죠?"

교감선생님의 대답은 궁금증만 더 커지게 했다. 대답인즉슨, 캡이 학생회장의 자격으로 투우경기장을 지어달라고 요청했다는 것이다.

학생회장? 이곳을 전혀 모르는 학생이 어떻게 회장이 될 수 있지?

도통 이해가 되질 않았다. 하지만 열일곱 살짜리 내 딸은 누구나 다 아는 뻔한 일인 것처럼 굴었다.

"헐, 학생회장은 좋은 게 아녜요. 학교에서 제일 숙맥인 애를 골라 당선시키거든요. 그런데 마침 이 괴상한 애가 하늘에서 뚝 떨어진 거죠."

섬뜩했다.

"소피, 너무 끔찍하구나!"

소피는 대수롭지 않다는 듯 어깨를 으쓱했다.

"더 끔찍한 건 엄마가 애들 삶에 영향을 미치는 사회복지사란 거예요. 엄마는 학교에서 무슨 일이 일어나는지 하나도 모르는데도요."

"너 중3 때도 그랬니?"

"케이틀린 기억하시죠? 걔, 사실 유럽으로 유학 가려고 학교를 그만둔 게 아니었어요. 신경쇠약 때문에 그랬던 거죠."

"너도 같이 그랬니?"

"모두 다 그랬어요." 소피가 반박했다. "그 사기극에 동참하지 않으면, 내가 다음번 희생양이 되니까요."

내가 못마땅한 표정을 지었는지, 소피가 말을 이어갔다.

"엄마, 철 좀 드세요. 엄마가 모르시나 본데, 세상은 넓고, 험하고, 무서운 곳이에요."

사실, 난 세상이 그런 곳인 줄 안다. 하지만 내 딸이 그걸 알고 있을 줄은 몰랐다.

캡이 안쓰러워 기분이 좋지 않았다. 세상과 완전히 격리된 갈런드 농장에서 세상으로 나오는 것 자체가 캡에겐 버거운 일이었다. 더욱 심란한 건, 캡에게 이 사실을 귀띔해줄 수조차 없다는 거였다. 캡의 단 한 번뿐인 바깥 경험을 망치고 싶지 않았다.

몇 주만 지나면 캡이 이런 모욕을 겪지 않아도 된다는 사실이 그나마 위안거리였다. 캡의 할머니는 빠르게 회복 중이었다. 캡은 할머니에게 자주 가고 싶어 했다. 하지만 병원은 한 시간 거리에 있고, 교통이 혼잡해서 주중에는 캡을 데리고 갈 시간이 없었다.

어쨌거나 진짜 학교가 갈런드 농장보다 훨씬 낫다는 게 내 진심이었다. 학교가 아무리 심술궂고, 무자비한 곳이라 하더라도.

사실 심술궂기로 치면 우리 집이 더했다. 진정으로 심술궂은 게 뭔지 몸소 보여주는 소피가 있으니 말이다. 소피는 정말 격렬하게 캡 앤더슨을 미워했다. 엄마인 나로서는 소피가 그럴 수 있다는 걸 믿고 싶지 않았다.

캡이 소피와 상관없는 행동을 해도 소피는 캡이 자기를 인신공격한다고 생각했다. 캡이 채식을 하는 건 자기의 식습관을 대놓고 무시하는 거라고, 캡이 깔끔한 건 자기를 칠칠치 못한 애로 만들려는 고의적인 계략이라고 했다. 아침 일찍 앞마당에서 태극권 연습을 하는 것도 두고 보지 못했다.

"근데 소피야."

나는 이성적으로 접근하려고 해봤다.

"문제 될 게 뭐 있니? 넌 그 시간에 자고 있잖아."

"치욕스러워요!"

소피는 화를 냈다.

"집 앞에 '돌연변이 괴물 있음'이라고 푯말 하나 붙여놔요."

다음 날 아침, 내 사랑스러운 딸은 층층나무 옆에서 춤추듯 무술을 연마 중이던 캡의 머리 위로 쓰레기통 한가득 물을 부었다.

그러고는 격렬한 단어들을 쏟아냈다. 이웃 사람의 이목을 그렇게나 신경 쓰는 소녀의 입에서 거친 말이 폭포수처럼 쏟아졌다.

나라면 소피 방 창문에 돌이라도 던졌을 텐데, 캡은 소피를 보며 웃었다. 느닷없이 공격당한 캡의 꼴은 젖은 샌들을 신은 축 처진 버드나무 같았다.

소피 말에 의하면, 이 모든 일은 내 잘못이었다. 소피가 캡에게 사과할 리는 절대 없고, 그래서 내가 했다.

"얘야, 미안하구나."

풍성한 머리를 말리려면 어림도 없겠지만 나는 수건 한 장을 내밀며 말했다.

"왜 그런지 나도 모르겠다만 소피를 용서하렴."

캡은 슬퍼 보였다.

"소피는 날 안 좋아해요."

나는 웃었다.

"열일곱 살 여자애들은 원래 다 그래."

캡의 말 때문에 갈런드 시절이 생각났다. '다른 사람에게 관대하지 않은 사람은 대개 자신이 관대한 대접을 받을 자격이 없다고 생각한다.'

"그렇게 잘해주지 마." 나는 말했다. "소피가 지나치게 자기밖에 모르는 성격이거든. 지난 몇 주 동안 소피는 맘고생을 많이 했단다. 소피의 아빠, 그러니까 내 전남편은 진실한 사람이지만, 지킬

57

수 없는 약속을 너무 많이 했어. 소피는 샌드위치 신세가 됐고. 어제도 소피는 처음으로 운전을 가르쳐주겠다던 아빠를 기다렸지만, 결국 나타나지 않았지. 걔 아빠가 원래 그래. 오지도 않고, 전화도 없고, 잠적해버리지. 소피는 꽤 심한 충격을 받았어."(미국에서는 만 16세 이상이면 운전면허를 취득할 수 있다:옮긴이)

캡은 생각하는 표정을 지었다.

"주변에 사람이 많으면, 그 사람들 때문에 상처 받을 가능성이 더 커지는 것 같아요."

나는 소리 내어 웃었다.

"맞아. 하지만 우리가 받아들여야 하는 가능성이란다."

캡은 과연 그럴까, 하는 표정이었다. 캡은 지금까지 레인이라는 단 한 사람하고만 지내왔다. 내가 생각하는 레인이 어떻든지 간에, 캡에게 레인은 날마다 떠오르는 해처럼 늘 변함없는 사람이었다.

그 해를 잃는다는 게 얼마나 무서울까?

고난 속의 캡

할머니가 너무나 보고 싶었다.

뭔가를 잘 몰라서 어쩔 줄 몰라 할 때마다, 내 곁에는 늘 가르쳐주는 할머니가 있었다. 한번은 할머니와 두부를 사려고 러더퍼드에 갔다. 과일과 채소는 농장에서 기르지만, 그 외 모든 것은 외부에서 사야 했다. 두부를 산 뒤에는 농장에서 가장 유용하게 쓰이는 강력 접착테이프를 사러 철물점으로 향했다. 우리는 강력 접착테이프로 지붕, 벽, 파이프, 자동차, 가구, 부츠를 고쳤다. 갈런드 농장 4분의 1 이상에 이 접착테이프가 붙어 있었다. 손가락이 부러지면 깁스붕대로 썼고, 심지어 몸에 박힌 가시를 빼낼 때도 썼다. 내가 태어나기 전, 갈런드 공동체에 아이들이 많았을 때는 접착테이프를 정사각형으로 잘라 기저귀를 고정하는 데 쓰기도 했다고 한다.

할머니와 내가 철물점에 도착했을 때, 한 무리의 사람들이 입구를 막고 있었다. 사람들은 표지판을 든 채 구호를 외쳤다. 몹시 화가 난 듯 보였다.

가게 직원들이 공정한 대우를 해달라며 시위하는 거라고 할머니가 설명했다. 할머니 말에 따르면 멋진 일이라고 했다. 할머니가 직원들을 뚫고 가게에 들어가는 걸 원치 않았기 때문에, 우리는 차로 30킬로미터 더 달려가서 강력 접착테이프를 샀다. 그렇지만 우리는 가게로 다시 돌아와 두 시간 정도 시위에 동참했다. 난 할머니가 시키는 대로, 가게 사상의 차바퀴 나사를 풀어 바람을 빼기까지 했다.

할머니는 이것이 가장 순수한 형태의 교육(체험으로 배우기)이라고 했다. 지금도 체험으로 배우는 그런 방법이 필요한 상황이었다. 내가 이해하지 못하는 일들이 너무 많이 벌어지고 있었으니까.

투우가 그렇다. 도넬리 아줌마에게 투우에 관해 묻자, 아줌마는 몹시 언짢아했다. 아줌마는 그런 얘기를 하는 애들을 무시하라고 했다. 그래서 난 백과사전을 찾아봤고, 아줌마가 언짢아한 이유를 알았다. 투우는 무고한 동물을 괴롭히고 죽이는 잔인한 스포츠로, 심지어 동물의 귀를 자르기까지 한다고 한다.

그 어느 때보다도 할머니의 존재가 간절했다. 학교와 투우경기장이 서로 무슨 상관이 있는지 묻고 싶었다. 하지만 할머니가 없으니 나 스스로 결정해야 했다.

그래서 난 결정했고, 잭 파워를 만났을 때 단호한 태도로 말했다.

"카시기 교감선생님께 투우장 얘기는 이제 안 꺼낼래. 도덕적인 이유로 난 투우장을 반대하니까."

"네가 그렇다면야 별수 없지 뭐."

그러면서 잭이 악수를 청했다.

난 걸어가는 잭의 어깨가 떨리는 걸 봤다. 감격했나 보다.

한 사람만 알고 자라는 게 별로 좋은 일은 아니라는 생각이 들기 시작했다. 멘토이자 안내자인 할머니가 없으면 난 아무것도 모르니까.

학교는 현기증이 나는 곳이었다. 난 복도를 헤매며, 애들조차 들어본 적 없는 교실을 묻고 다니느라 많은 시간을 보냈다. 또 애들은 나도 모르는 질문을 끊임없이 해댔다. 그리고 지금은 로렐라이란 여자애가 손가락으로 내 머리카락을 쓸어 넘겨주고 싶다는 편지를 보내왔다. 그런 건 왜 하고 싶은 거지?

나한테 할머니와 제일 비슷한 존재는 휴 윙클맨뿐이었다. 물론 할머니와 비교하기엔 어림도 없지만, 적어도 그 애는 나를 도우려 했다. 우리는 날마다 점심을 같이 먹었다. 어느덧 난 녀석이 이것저것 설명해주는 점심때가 기다려졌다.

"딱 보면 모르냐." 휴가 말했다. "그 여자애가 널 좋아하네."

"난 그 애가 누군지도 몰라!"

내가 외운 이름이 스무 개도 안 되던 때였다.

휴는 분통이 터지는 듯 한숨을 쉬었다.

"난 이 시시한 마을에서 줄곧 살아왔지만, 날 관심 있게 봐준 여자애는 지금까지 한 명도 없었어. 그런데 넌 지금 그런 애가 생겼잖아. 기회를 놓치면 안 돼. 핼러윈 댄스파티에 같이 가자고 해."

"핼러윈 댄스파티?"

"학교에서 제일 중요한 사교 파티야. 글쎄, 난 가본 적은 없지만."

휴는 눈가를 찌푸렸다.

"학생회장이면 알아야 하지 않겠어?"

"그러고 싶지 않아."

내가 근심스럽게 말하자, 휴는 믿을 수 없다는 표정을 지었다.

"그거야 뭐 네 맘이니까…… 하지만 넌 회장이잖아. 참석하는 정도가 아니라 주도적으로 나서서 파티를 기획하는 게 회장의 역할 아닌가?"

목에 맨 평화의 상징 근처가 욱신거렸다. 어려움이 닥쳐온다는 신호였다. 그런데 미리 알면 뭔 소용이야? 무슨 일인지 알아야 말이지…… 게다가 어차피 무슨 일인지 이해하지도 못할 텐데.

이해하려 하는 것 자체가 어쩌면 실수였다. 갈런드는 8천 평의 땅에 집 한 채, 헛간 한 채, 채소밭, 과일나무, 소형 트럭, 그리고 나 빼고 오직 한 사람만 있는 단순한 곳이다. 평균 C 중학교처럼 복잡한 곳에서 하나하나 모든 것을 분석하는 건 불가능했다.

예를 들면, 매일 밤 내가 머리에서 털어내는 작고 하얀 종이공이 그랬다. 학교에 종이가 어마어마하게 많아서 그 가루들이 꽁꽁 엉겨 붙어 비처럼 떨어지는 건가? 또 식초에 절인 염소 뇌나 죽은 새 같은 이상한 것들은 어떻게 내 사물함에 들어간 걸까? 내 사물함은 나만 열 수 있고 난 그런 것들을 넣은 기억이 전혀 없는데 말이다.

할머니는 스트레스와 혼란을 다스리려면 명상을 하라고 일러주셨다. 하지만 사물함 앞에서 명상하는 동안 누군가 내 샌들을 훔쳐갔다.

그날 난 맨발로 스쿨버스를 타고 집에 갔다. 불평하면 할수록 불평할 일이 가득해진다는 걸 알았지만, 스쿨버스에서 긍정적으로 마음먹기란 어려웠다. 버스 안은 더럽고 냄새나고 찐득대는 물건들이 가득했고, 거칠고 약아빠진 문제아들은 제멋대로 굴었다.

언젠가 할머니에게 물은 적이 있었다. 왜 할머니와 친구들은 샌프란시스코에서 누리던 화려한 도시 생활을 접고 시골로 가서 갈런드 농장 공동체를 세웠나요?

그 답은 이 버스를 5분만 타면 나왔다. 인간의 어둡고 은밀한 부분이 제멋대로 고삐 풀리는 곳이 바로 스쿨버스였다. 복잡하고, 시끄럽고, 더럽고, 불편한 곳. 애들은 자기들끼리 싸우고 악을 쓰고 물건을 마구 던졌고, 불운한 운전기사를 괴롭혔다. 그건 바퀴 달린 정신병원이었다.

도넬리 아줌마네 집에 도착할 무렵, 피와 멍이 가득한 내 발에는 막대사탕 막대기, 풍선껌, 머리카락 같은 것들이 덕지덕지 붙어 있었다.

엎친 데 덮친 격으로, 뒤뜰에서 나를 본 소피가 야외 수도꼭지에 연결된 호스를 들어 내 발을 향해 물을 쏴댔다.

"좋아, 좋아."

소피가 중얼거렸다.

하지만 소피의 표정은 선혀 좋아 보이지 않았다. 최근에 내가 말을 걸 때마다 소피는 일주일이나 늦게 수확한 무를 씹는 듯한 표정을 지었다. 얼굴이 너무 심하게 일그러져서 예쁜 얼굴을 찾아보기 어려웠다. 하지만 함께 하기로 한 운전연습 약속을 아빠가 지키지 않아 몹시 실망했다는 걸 알기 때문에 난 최선을 다해 소피의 기분을 맞춰주었다. 나와의 약속을 어긴 적도 없고, 나를 실망시킨 적도 없는 할머니가 나를 맡아 길러줘서 다행이라는 생각이 들었다.

알면 알수록, 소피에게 더 잘해줘서 그녀의 기분을 달래고 싶었다. 하지만 그게 가능하기나 할까? 곁에만 가도 소피는 내 머리를 물어뜯을 기세였다.

운전을 배우는 소피

엄마는 세상에서 제일 너그럽고, 상냥하고, 맘씨 곱고, 인정 있는 분이다. 다른 사람을 돕는 일을 직업으로 택했을 정도니까. 엄마는 성인군자다.

난 늘 엄마의 그런 대단함 때문에 언젠가 우리가 곤욕을 치르리라 생각했다. 하지만 외계 행성에서 온 난민과 내가 한집에 살게 될 줄은 꿈에도 생각지 못했다.

그 애 발에 붙은 것만 따져봐도 지역 보건당국에서는 우리 집 위생 상태가 좋지 못하다고 했을 거다. 또 그 애 머릿속엔 대체 뭐가 살고 있는지 알 길이 없다! 그 애 옷 역시 그렇다. 그놈의 옷은 제 발로 도망치지 않고 거기 붙어사는 게 신기할 정도다.

엄마는 계속 그 애가 청결하다고 주장했다. 내가 엄마에 관해 말했잖은가, 지나치게 너그럽다고.

"3주 동안 같은 것만 입었다고요."

난 비난하는 목소리로 말했다.

"면을 홀치기염색 한 옷이라 다 같아 보이는 거야."

엄마는 차분히 설명했다.

"그 애 옷 많아. 내가 갈런드 농장에 가서 챙겨 왔어."

"신발도 하나 더 가져오지 그랬어요? 누가 그랬는지 몰라도 통근열차 근처 고압전선에다가 옥수수 껍질로 엮은 샌들을 걸어놨더라고요. 그게 누구 걸까요? 브래드 피트한테 전화해봤더니, 자기 건 아니라던데요."

"못되게 좀 굴지 마."

엄마가 날카롭게 말했다.

"애들이 캡을 그렇게 괴롭히는 건 인간이 할 짓이 못 돼. 측은하게 생각하면 안 되겠니?"

"날 좀 측은하게 생각해주세요. 저 괴상한 애가 발바닥에서 별 조잡스러운 걸 털어내고 있을 때 하필 조시가 왔어요. 조시가 뭐라고 했는지 아세요? 네 남동생이야?"

"그래서 뭐라고 했니?"

"뭐라고 했긴요? 거지라고 했죠. 누구나 맘대로 꿈꿀 자유가 있으니까요."

나의 굳은 다짐: 만약 캐프리콘 앤더슨 때문에 조시 와인트롭과 잘 안 된다면, 엄마도 더 이상 재를 지킬 수 없을 거다.

조시와 사귄다 해도 저 외계인 같은 캡을 안 볼 방법이 없었다.

캡이 여섯이나 있다고 해도 틀린 말이 아닐 것 같았다. 내가 가는 곳마다 그 애가 있었으니까(현관에서 삐걱삐걱 벤치 그네를 타기도 했고, 부엌 식탁에 떡하니 앉아 엄마가 사온 유기농 콩을 먹기도 했다).

심지어 내가 가장 좋아하는 청소년 드라마 〈삼각법과 눈물〉을 보기 시작했다. 텔레비전을 한 번도 본 적이 없는 탓에, 캡은 금세 텔레비전에 빠져들었다. 바보처럼 화면 속 등장인물에게 소리치며 경고와 충고를 했다.

"입 좀 다물어!"

난 소리를 꽥 질렀다.

캡은 당황했지만, 여전히 자신을 변호했다.

"닉이 코린과 몰래 만나온 걸 앨리슨이 알았는데, 닉은 아직 그걸 모른단 말이야!"

"쟤넨 배우야! 그냥 지어낸 이야기라구! 쟤넨 네 말을 듣지도 못해!"

캡이 내 말뜻을 알아들었다. 뭐, 약간은. 하지만 텔레비전에 대고 말하는 걸 멈추진 않았다. 캡은 그저 텔레비전이 아주 신기할 뿐이었다. 이걸 내가 어떻게 조시한테 설명하냔 말이다.

그런데 걱정할 필요가 없어졌다. 나와 조시는 시작도 하기 전에 끝났다. 차라리 캡이 내 남동생이라고 말할 걸 그랬다. 아니, 내 남편이라고. 그랬으면 내 인생에 최고로 지루했던 데이트를 안 했을 텐데.

조시와 만나려고 온갖 노력을 다 한 걸 생각하면! 정말 김빠진다. 조시는 비디오 게임 이야기만 세 시간이나 떠벌이더니 인디애나 주 출신의 전 여친이랑 다시 만날 거라고 했다. 그래라, 그래!

덕분에 이 불쾌한 만남이 끝나고 조시가 나를 집에 데려다줄 때 내 기분은 정말이지 엉망이었다. 이보다 더 나빠진다면? 그건 아마 외계 행성에서 온 캡과 마주쳤을 때이리라.

캡은 현관에서 나를 기다리고 있었다.

"안녕."

"우리 엄마는 어딨어?"

"시내에 잠깐 나가셨어." 캡이 말했다. "서둘러. 한 시간밖에 없어."

"뭘?"

내가 경계심을 보이자 캡은 자동차 열쇠를 들어 올려 딸랑딸랑 소리를 냈다.

"운전연습."

난 캡을 빤히 바라봤다.

"운전연습? 너 같은 애송이한테 운전을 배운다고?"

그때 엄마가 했던 말이 생각났다. 캡이 무면허운전을 해서 체포됐다가 풀려났다는. 히피들이 사는 곳에서는 기저귀를 떼고 페달에 발만 닿으면 운전을 허락하는 것일까.

"운전연습 못 하게 된 거 알아."

캡이 말했다.

엄마, 정말 고마워요. 나도 지나가는 부랑자들한테 엄마의 사생활을 까발려서 제대로 갚아줄게요.

배신감에 화가 났지만, 솔깃했다. 아빠는 진짜로 약속을 잘 안 지키는 사람이다. 운전을 가르쳐주려고 언젠가는 나타나겠지만, 그때가 언제일지 가늠할 수 없다. 그리고 엄마는 너무 바빠서 가르쳐줄 틈이 없고…….

난 운전하고 싶었고, 선생님이 필요했다. 설사 그 선생님이 괴짜 캡이라 하더라도.

결국 난 하지 않겠다고 스스로 약속한 것을 해버렸다.

난 캡과 함께 차에 올라탔다. 캡의 말을 들으며, 그 애가 하라는 대로 했다. 선불교를 믿는 멍청한 히피족 방식이 운전을 가르치는 데는 제격이었다. 내가 무슨 실수를 저지르든 캡은 전혀 당황하지 않았다. 심지어 다른 집 진입로를 옆길이라 생각하고 들어가도 그랬다.

"실수했어."

캡의 말에 당황한 난 브레이크 대신 액셀러레이터를 밟았다.

차가 앞으로 돌진했다. 어둠 속에서 갑자기 흰색 차고 문이 빠르게 눈앞으로 다가왔다.

난 제정신이 아니었다. 액셀러레이터에서 발을 떼야 한다는 생각조차 못 했다. 캡이 손을 뻗어 운전대를 홱 잡아당겼을 때, 난 이미 공황상태였다. 차가 반대쪽으로 빙그르르 돌아 화단을 들이받자 차바퀴가 부드러운 흙을 휘휘 저었다.
 캡이 팔을 뻗어 기어를 주차상태에 놓자 요동치던 차가 갑자기 멈췄다.
 "복식호흡." 캡이 차분히 명령했다. "코로 들이쉬고, 입으로 내쉬어."
 "근데 나 하마터면……."
 "'히미디면'은 없어." 캡은 단호하게 말했다. "'일어났다'와 '안 일어났다'만 있을 뿐이야. 그리고 아무 일도 안 일어났어."
 "어서 가자!"
 폐가 다시 산소로 가득 차자, 난 훌쩍이며 말했다.
 "아니, 운전하자. 여긴 진입로가 둥그렇잖아. 그냥 계속 돌기만 하면 돼."
 캡이 말했다.
 하지만 난 정말 겁에 질렸다. 머릿속에서는 화가 나서 엽총을 든 채 우리한테 걸어오는 집주인의 환영이 어지럽게 나타났다.
 "못 하겠어! 길이 너무 좁고, 길 양쪽에 나무가 있잖아. 들이받을 것 같아!"
 그땐 다시는 운전을 못 하면 어쩌나 하는 염려는 하지 않았다. 그저 타고 왔던 차의 온전한 모습을 그대로 보전한 채, 살아서 집에 가고 싶었다.

반면에 캡은 한없이 침착했다.

"할머니가 트럭 모는 법을 가르쳐주실 때, 나한테 철학을 하나 들려주셨지."

난 캡을 한 대 칠 뻔했다.

"야, 지금 히피 가르침을 말할 때냐?"

하지만 불멸의 할머니 이야기를 할 때, 캡은 멈추지 않았다.

"할머니는 '앞쪽이 길을 뚫고 나가면, 뒤쪽은 거저 간다'고 하셨어."

난 캡을 가만히 쳐다봤다.

"그게 철학이냐?"

"할머니는 갈런드 농장으로 오기 전에 샌프란시스코에서 택시 운전을 하셨거든."

난 소심하게 킥킥거렸고, 덕분에 마음이 안정됐다. 그래서 기어를 넣고, 차 보닛이 두 그루 나무 사이에 오도록 중심을 맞췄다. 엄마의 어릴 적 악몽인 레인 할머니의 가르침을 바탕삼아 엄마가 아끼는 차를 모는 걸 제발 엄마가 보지 않게 하소서!

도로로 나왔을 때, 난 안도감에 숨을 훅훅 내쉬었다. 그런데 캡이 차를 대라고 하더니, 아까 그곳으로 가서 차바퀴가 어질러놓은 꽃을 제자리에 심었다.

난관을 견뎌내고 나니 자신감이 더 생겨서 아까보다 운전이 잘 됐다. 난 제법 노련하게 동네를 운전했다. 내 임시면허증이 유효

하지 않다는 것도 잊고, 나보다 더 운전하면 안 되는 사람과 차를 타고 있었다.

완전히 운전에 몰입한 탓에 몇 초가 지나서야 방금 지나친 여자가 누군지 알아차렸다.

"우리 엄마야! 어떡해, 딱 걸렸어!"

캡은 내 말을 이해하지 못한 듯했다.

"왜 그래?"

"야, 생각 좀 해봐! 우리 둘 다 뭐가 없지? 운전면허증 아냐?"

뿌리째 뽑힌 국화보다 더 심각했다. 우리는 불법을 저지르고 있었다.

"엄마가 보면 난 마흔 살이 될 때까지 외출금지고, 넌 길바닥에서 자야 할걸!"

캡은 그제야 처음으로 사태의 심각성을 깨달은 듯 보였다.

엄마는 분명 우리 차를 보지 못했다. 소리 지르며 우리를 쫓아 질주하지 않았으니까. 난 손을 벌벌 떨면서 겨우 블록을 벗어났고, 캡과 자리를 바꿨다. 내가 내빼는 것처럼 보일 수 있겠지만, 캡이 몹시 급한 상황에서 훨씬 더 침착했기 때문이다. 엄마 곁을 또 지나치지 않으려면 돌아가야 했다. 그런데 캡은 모퉁이들을 휙휙 빠르게 돌며 어둑한 길을 지나 곧장 우리 집 앞 진입로까지 갔다. 우리는 뒷문으로 빠르게 달려 들어가 소파에 앉은 뒤 〈삼각법과 눈물〉을 봤고, 그때 엄마가 들어왔다.

엄마가 나를 수상쩍게 봤다.

"뭐니?"

우리가 엄마를 제대로 속이지 못하고 있다는 걸 깨달았다. 평소엔 둘이 으르렁거리기 일쑤인데, 지금은 마치 정전협정을 맺은 듯 집 안이 너무 조용했기 때문이다.

그래서 난 으르렁거렸다.

"야, 내 쪽 소파로 넘어오지 말라구!"

엄마는 그제야 긴장을 푸는 듯 보였다. 캡이 3주 전 우리 집에 온 후, 난 줄곧 캡한테 이런 말만 했으니까.

하지만 그날 밤 내 말은 진심이 아니었다.

흔들리는 나오미

안 좋은 소식: 레나는 대릴이나 그랜트에겐 관심이 없단다.

좋은 소식: 레나는 잭한테 별 관심이 없는 것 같다. 근데 그럴 수 있나? 잭은 평균 C 중학교에서 제일 멋지고, 진짜 사랑스러운데. 게다가 캡 앤더슨을 학생회장으로 만든 주동자이지 않은가. 그래도 캡의 신발을 훔친 건 조금 너무했다.

하지만 잭은 그렇게 생각하지 않았다.

"야, 세상에 어떤 녀석이 눈 감고 맨발로 사물함 앞에 앉아 외계어를 중얼거리냐? 그건 개가 자초한 거야."

난 우리가 훔친 신발이 사실상 신발도 아니라며 나 자신을 달랬다.

말린 나뭇잎 같은 걸로 만든 신발이었다. 엄밀히 말하면, 우리는 캡한테 좋은 일을 했다. 다음 날 캡이 스니커즈를 신고 나타났기 때문이다.

"우리가 쟤를 21세기로 데려온 거지."

잭이 말했다.

잭의 눈은 아주 맑고 푸르러서 난 잭의 말대로 할 수밖에 없었다. 로렐라이가 되어 끊임없이 연애편지를 쓰고, 그걸 캡의 사물함에 몰래 넣었다.

> 친애하는 캐프리콘에게,
> 온종일 기다렸는데, 오지 않아서 마음이 아팠어요. 제가 우리 중학교에 있는 B-376 저장실을 말한 줄 아셨나 봐요. 어쩌나, 전 고등학교에 있는 B-376 저장실에서 기다렸는데. 우리 중학교엔 B-376 저장실이 없어요. 이젠 알았으리라 생각하지만요. 제발 한 번 더 기회를 주세요. 다음번에 만날 장소는······.

그러곤 커다랗게 토마토 수프 자국을 남겼다. 캡이란 애를 잘 모르지만, 나 같으면 화가 나서 날뛰었을 거다.

또 다른 편지에서는 도서관에서 약간 떨어진 작은 뜰로 오는 방법을 설명했다. 그곳엔 문이 하나만 나 있는데, 닫으면 곧장 잠겨버린다. 수위 아저씨가 캡을 발견하고 문을 열기까지, 불쌍한 캡은 두 시간 동안이나 거기 갇혀 있었다. 이번엔 좀 심했다는 생각이 들었지만 어쩔 도리가 없었다. 난 잭의 편이니까.

우리는 지붕 위 잘 보이는 지점에서 캡이 흥분해 날뛰기를 기다렸다. 그런데 캡은 그렇지 않았다. 몇 번 도와달라고 크게 소리쳤지만, 나머지 시간 대부분은 스니커즈를 벗어둔 채 책상다리로 앉아 명상했다.

캡이 별 반응을 보이지 않자 잭은 조금 낙심한 듯했다.

"왜 쟤는 소리를 안 지르지? 울지도 않아! 적어도 창문은 두들겨야 하는 거 아닌가?"

솔직히 말해서 나도 캡의 행동을 이해할 수 없었다. 캡은 이상했다. 하지만 이상함을 넘어선 다른 무언가가 있었다. 캡의 내면에는 아무도 이해할 수 없는 신비롭고 강인한 무언가가 있었다. 힘이 세고 싸움을 잘하는 그런 강인함이 아니었다. 자제심을 불러일으켜 당황하는 대신 명상하거나, 다른 사람들이 뭐라 생각하든 개의치 않고 죽은 새에서 의미를 찾는 그런 강인함이었다.

물론 잭한테 이런 말을 할 순 없었다. 대신 분위기를 돋우고 싶었다.

"긍정적으로 생각하자. 캡이 미쳐 날뛰진 않았지만, 오래 갇혀 있었잖아."

하지만 잭한테 위안이 되진 못했다.

"그래, 근데 우리도 여기 너무 오래 있었거든! 어떤 애를 놀리려는데 그 놀림이 당사자한테 돌아온다면, 그걸 해서 뭐 하겠냐?"

잭의 말이 맞았다. 캡 앤더슨은 우리에게 최고의 학생회장이었다. 루크 시마르나 휴 윙클맨보다 모든 속임수에 곧이곧대로 걸려들었다. 그런데 딱 하나 문제가 있었다. 반응을 보이지 않는다는 거였다.

캡을 놀릴 순 있어도, 열 받게 만들 순 없었다.

심지어 캡은 회장으로서 핼러윈 파티 전체를 기획해야 할 거라고 잭이 말했을 때조차 느긋하고 침착했다. 작년에 루크를 벼랑 끝으로 몰았던 것 역시 핼러윈 파티였다.

캡은 단지 이렇게만 말했다.

"난 한 번도 댄스파티에 가본 적이 없어서."

그렇다고 파티 기획을 하지 않겠다며 거절하지도 않았다. 물론 우리는 캡이 거절하지 않으리란 걸 알았다.

잭은 그 때문에 미칠 지경이었다.

"샌들이 아니라 저 녀석을 고압전선에 걸었어야 했는데."

내가 캡과 같이 듣는 수업은 딱 한 개였다. 수학. 캡은 먼저 입을 열지 않았지만, 선생님이 물으면 언제나 정답을 말했다. 잭은 캡이 학교에서 제일 멍청하다고 했지만, 실은 정말이지 똑똑했다.

캡은 차라리 없는 것만도 못한 휴 윙클맨 말고는 친구가 없었다. 아니, 둘이 날마다 점심을 같이 먹는 걸 보면, 어쩌면 있는 게 나을 수도 있겠다. 대부분 휴가 말하는 것처럼 보였는데, 그럴 만했다. 캡은 자기한테 일어나는 일들에 대해 물어봤을 거다. 안내자 역할을 하는 휴가 실은 자기보다 훨씬 심한 왕따라는 사실을 알 리 없었다.

"캡이 윙클맨이랑 친하네? 오, 놀라워라."

잭이 비웃었다.

"하긴 멀쩡한 애가 캡이랑 같이 다니려고 하겠냐? 쟤가 하는 짓을 누군들 같이 하고 싶겠어?"

잭의 말이 맞았다. 중학생들 사이에서 명상은 인기가 없있다. 캡은 시물함 앞에서 책상다리로 앉아 있지 않으면 주로 음악실에서 기타 치며 노래를 불렀다. 그것도 늘 비틀스 같은 1960년대 록 음악을. 그리고 아침마다 학교 운동장에서 느릿느릿 춤추는 듯 보이는 무술을 연마했다. 잭은 이를 두고 히피 발레라고 했지만, 내가 보기엔 기풍 있고 강건해 보였다.

난 캡한테 그게 뭐냐고 물었다.

"태극권이야." 캡이 설명했다. "신체 에너지와 정신 에너지를 섞어 균형을 키우도록 해주지."

"그래, 근데 왜 모두가 다 보는 여기서 하냐?"

잭이 물었다.

"내가 사는 집에서 하면, 누가 내 머리에 물을 쏟아 부어서."

캡이 말하는 걸 곧이곧대로 믿을 수도 있었다.

하지만 잭은 이 모든 것에 짜증을 내기 시작했다.

"다른 건 다 못 해도, 저 녀석만은 박살을 내버릴 거야."

난 분명하게 말해야만 했다.

"굳이 그럴 필요 있어? 윙클맨이나 뭐 다른 애로 대상을 바꾸면 안 돼?"

"윙클맨 녀석은 회장이 아니잖아. 다시 바꾸기엔 너무 늦었어."

잭은 화내는 게 안 어울렸다. 턱은 앞으로 툭 튀어나왔고, 피부는 붉으락푸르락했고, 긴장한 티가 뚜렷했다. 이런, 내가 늘 그리던 미래의 남자친구는 이런 모습이 아니었다.

"우린 3학년이야."

잭이 말을 이어나갔다.

"올해는 우리의 해란 말이야. 1960년대에 살던 털북숭이 설인이 갑자기 우리 앞에 뚝 떨어진 이상, 난 포기 못 해."

우리는 레나를 만나러 갔다. 레나는 소문을 퍼트리는 데 1인자였다. 잭은 모든 3학년생이 캡을 싫어하게 만들 속셈이었다.

북적대는 복도를 지나갈 때면 애들이 캡을 발로 찼다. 학교식당 줄에서도 캡의 발을 걸었다. 캡은 이제 곧 종이공, 고무줄, 사과 씨를 맞히는 인간 과녁이 될 참이었다. 학생회장을 함부로 대해도 되는 시간이었다. 특히 선생님이 없고 무슨 일이든 허용되는 스쿨버스 안에서는 더욱 그랬다.

캡의 반응은? 캡은 방해꾼들을 의식하지 않는 듯 유유히 걸어다녔다. 아니, 그게 아니었다. 캡은 방해꾼들을 의식하지 않았다! 캡은 행복하지 않았지만, 불행해 보이지도 않았다.

아무에게도(특히 잭에게) 말하지 않은 것이 있다. 난 마음속으로 캡이 우리 모두의 얼굴에 주먹을 날리기를 응원했다. 우리는 당해도 싸다.

그 애를 더 잘 알기 시작했으니, 특히 난 더욱 당해도 싸다.

이중적인 휴

이제껏 없었던 최고의 학교생활이 펼쳐졌다. 사실 내 점수는 보통 때랑 같고(모두 A), 난 여전히 체육시간에 밧줄을 못 탄다. 체스 동아리에서 모든 상대를 제압했지만, 늘 일어나는 일이었다. 난 인기가 없었다. 아니, 심지어 아무 데도 끼지 못했다.

하지만 호박이 넝쿨째 굴러 들어왔다. 바로 내게로.

난 이제 익명의 존재다.

그게 뭐 그리 좋으냐고? 내겐 생일, 크리스마스, 독립기념일을 모두 합친 것만큼이나 의미가 있었다.

평균 C 중학교 복도를 걸을 때마다 나를 조롱하던 눈빛들을 더는 느끼지 않았다. 그 눈빛들은 이제 다른 곳을 향하고 있었다. 나를 차거나 내 발을 거는 발을 피하려고 조심조심 걸을 필요도 없었다.

그 발들은 이제 다른 곳을 걸거나 찼다. 내가 마지막으로 똥침을 당한 게 언제인지 기억이 가물가물하다.

이 모든 게 캡 앤더슨 덕분이다.

난 캡을 좋아한다. 정말이다. 하지만 좀 더 솔직히 말하면, 내가 정말 캡을 좋아하는 건 나를 놀림의 대상에서 벗어나게 해줬기 때문이다.

그래서 행복했지만, 죄책감도 느꼈다. 행복하면 할수록 죄책감이 강하게 행복감을 짓눌렀다.

지난 몇 년 동안 잭 파워가 나한테 저지른 무례한 짓들과 비교할 때, 이번은 수위가 높았다. 그래서 난 잭이 지금 하는 짓이 몹시 유감스럽다. 내 죄는 단지 득을 본다는 거다. 내가 캡을 도울 수 있는 것도 아니다. 잭, 레나, 대릴 등 독사 같은 일당을 막을 힘이 있었다면 진즉 당하고 살지 않았을 거다. 당하고 사는 애들은 힘이 없다. 그래서 당하고 사는 거다.

어쨌든 이번에는 잭 일당만 괴롭히는 차원이 아니었다. 루크 시마르 사건이 또다시 벌어졌다. 대규모 공격이 이뤄지고 있었다.

스쿨버스는 살벌한 전쟁터다. 학교 안에서는 선생님들이 있으므로 어느 정도 질서가 유지된다. 하지만 버스에서는 권한이 있는 사람이 운전기사인 로드리고 아저씨뿐인데, 사실상 아저씨 말은 듣지 않아도 된다. 아저씨는 나이도 많고 성격도 쌀쌀맞다. 거울을 보면 뭔가 보게 될까 봐 오직 길만 바라본다. 아저씨는 버스 안에서 훌라춤을 추며 돼지고기 바비큐 파티를 연다 해도 여전히 모른 체할 거다.

작은 횃불처럼 생긴 첫 번째 발사물이 버스 통로 위를 날아갔다. '걸어 다니는 왕따 백과사전'인 난 그게 뭔지 즉시 알아챘다. 뒤쪽에 앉은 찌질이들이 캡한테 불붙인 성냥을 던지는 거였다. 휙휙.

목표물은 물론 건초더미처럼 부스스한 캡의 머리였다.

다음번 발사물은 팔걸이에 튕긴 후 바닥에서 꺼졌다.

"캡."

난 급히 속삭였다.

"피해!"

캡이 얼떨떨한 표정으로 바라봤다.

"왜?"

그런데 바로 그때, 로드리고 아저씨가 신음을 크게 내며 가슴을 쥐더니, 운전석에서 옆으로 쓰러졌다.

마치 누군가 전기 플러그를 뽑은 듯 떠들썩한 소리가 싹 사라졌다. 로드리고 아저씨가 심장발작을 일으킨 건가?

우리는 놀라서 얼어붙었기 때문에, 버스가 점점 다른 차량을 향해 다가간다는 사실을 잊고 있었다.

"이런!"

캡이 나를 밀치고 달렸다. 캡은 움직이지 않는 아저씨를 뛰어넘어 운전석에 앉은 뒤 액셀러레이터를 밟았다. 커다란 엔진을 으르

렁대며 버스는 바로 코앞에서 덤프트럭을 비켜 사거리를 휘청대며 지났다.

"병원이 어디야?"

캡이 어깨 너머로 소리쳤다.

하지만 우리는 혼비백산해서 마네킹처럼 가만히 앉아 있었다.

"병원 어디냐고?" 캡이 다시 말했다. "얼른!"

갑자기 나오미가 통로로 달려 나갔다.

"여기서 돌아!"

캡은 운전대를 돌려 우회전하고 전속력으로 달렸다.

그제야 난 우물쭈물 소리를 냈다.

"저, 캡…… 너, 버스 운전 못 하잖아."

정말이지 멍청하기 짝이 없는 소리였다. 캡은 이미 버스를 운전하고 있지 않은가!

캡은 기어를 바꿔 속력을 냈다. 볼 만했다. 거대한 노란색 스쿨 버스가 차들 사이를 지그재그로 누비며 빵빵 경적을 울려댔다.

"왼쪽으로 돌아!"

나오미가 소리쳤다.

운전대를 잡은 캡의 몸이 위아래로 흔들렸다. 앞바퀴가 나지막한 중앙 분리대로 튀어서 애들이 떠밀렸고 창문이 덜컥댔다. 차대가 다시 바닥에 닿을 때 중앙 분리대 금속과 부딪치며 내는 끼익 소리가 귀를 고통스럽게 후벼 팠다. 난 여기서 끝나는 줄 알

앉다. 하지만 버스는 앞으로 나가더니 덜컹덜컹 도로 위로 다시 진입했다.

　난 자리에서 내동댕이쳐진 애들을 헤치며 빠르게 통로를 기었다. 로드리고 아저씨의 얼굴은 창백했지만 가슴이 위아래로 움직였다.

　"아직 살아 계셔!"

　난 캡한테 소리쳤다.

　그때 갑자기 무전기가 작동했다.

　"41번 응답하세요. 본부입니다."

　운행관리원의 목소리가 갈라져 나왔다.

　"41번 응답하세요."

　캡은 무전기를 난생처음 보는 듯했다.

　난 캡을 지나쳐 무전기를 집어 들었다.

　"여보세요?"

　"로드리고예요? 방금 보고받았는데, 진로를 벗어나 비틀비틀 운전하고 있다면서요? 어떻게 된 거죠?"

　"아…… 로드리고 아저씨는 지금 응답하실 수 없어요……."

　"그럼 지금 받는 분은 누구죠?"

　운행관리원이 물었다.

　"휴 윙클맨이라고 해요."

　"누구요?"

"통학생요! 로드리고 아저씨는 지금 무의식 상태예요! 심장발작이 일어난 것 같아요."

"버스는 누가 운전하니?"

난 멈칫했다.

"캐프리콘 앤더슨요."

"당장 멈춰!" 운행관리원이 명령했다. "구급차를 보낼 거야."

"안 돼."

캡이 말했다.

"운행관리원이 그러라고……."

"병원으로 가야 한단 말이야. 구급차를 기다릴 시간이 없어."

그래서 난 무전기에 대고 말했다.

"캐프리콘 앤더슨이 안 된다는데요."

"걔가 뭔데 안 된대!" 운행관리원이 격분했다. "걘 지금 버스에 탄 모든 애들을 위험에 빠뜨리고 있어!"

그 말에 화가 난 캡이 무전기를 째려봤다.

"이거 끌 수 없어? 방해만 되잖아."

"어…… 끊어야겠네요. 그럼 이만."

난 무전을 끊었다. 그러곤 캡한테 씩씩대며 말했다.

"네가 지금 무슨 짓을 하는지 알지?"

"레인 할머니는 '옳은 일을 하는 자는 그 일이 옳은 줄 안다'고 늘 말씀하셨어."

약 1분 뒤, 사이렌 소리가 들렸다.

뒷줄에 앉은 애가 확인했다.

"경찰이야!"

그리로 가서 봤더니, 경찰차 두 대가 불빛을 번쩍이며 버스를 따라오고 있었다.

경찰차 한 대에서 스피커를 울려댔다.

"길가로 차를 세우세요!"

"캡, 말 듣는 게 좋겠어!" 난 외쳤다. "경찰이 우릴 추격하고 있어!"

무성한 머리카락 때문에 캡의 표정을 볼 수 없었지만, 캡은 운전대를 향해 몸을 더 웅크렸다. 그건 M1 탱크나 이 버스를 막을 수 있다는 무언의 표현이었다. 난 캡이 말한 '레인'이 믿을 만한 출처이길 바랐다. 캡이 그저 '비'를 뜻하는 레인을 말한 거라면, 우린 이제 다 죽었다.

버스가 도로를 질주하며 병원으로 가는 동안 더 많은 경찰차가 쫓아왔다. 경찰차 일곱 대가 줄줄이 따라왔고, 복면순찰차(경찰 마크가 없는 수사용 차량:옮긴이)도 두 대 이상 따라붙었다. 애들은 완전히 겁을 먹었다. 엔진 소리와 나오미가 방향을 지시하는 소리만 빼면 버스는 쥐죽은 듯 조용했다. 평균 C 중학교 역사상 버스를 탄 자세가 가장 바른 애들이 될 수밖에 없었다. 나를 겁주던 애들이 잔뜩 겁을 먹은 모습을 즐길 수도 있었지만, 솔직히 난 다른 애들보다 두 배는 더 겁을 먹은 상태였다.

　메트로 병원 입구에 도착하자, 마치 영화 〈델마와 루이스〉의 한 장면이 연출되는 듯했다. 경찰들이 한 줄로 늘어섰고, 사이렌이 울렸다. 버스가 응급실 진입로로 질주하자 간호사들과 긴급의료원들이 급히 길을 비켰다. 캡이 브레이크를 꾹 밟자, 주차된 구급차 바로 뒤에 버스가 멈춰 섰다.

　처음엔 병원 직원들이 화를 냈지만, 로드리고 아저씨를 보더니 갑자기 분주해졌다. 로드리고 아저씨는 들것에 옮겨져 병원 안으로 급히 들어갔다.

　자동문 사이로 아저씨가 사라지자마자, 경찰이 버스 계단 위로 쿵쿵 올라섰다.

　"꼬마야! 너 대형사고 쳤다!"

　경찰은 캡을 버스 복도에 엎드리게 하더니 뒤로 수갑을 채웠다. 경찰 드라마에서 많이 본 장면이었다.

　경찰은 캡을 범인(엄밀히 말하면 스쿨버스 납치범)처럼 다뤘다. 경찰이 힘겹게 캡을 일으켜 세워 데리고 가는 모습을 우리는 경외감으로 바라봤다.

　맨 처음엔 나오미가 목소리를 높였다.

　"캡은 잘못한 게 없어요! 로드리고 아저씨를 살리려고 한 것뿐이에요!"

　멍하니 있던 다른 애들도 마침내 깨어났다. 처음엔 불만 어린 목소리로 웅성웅성하더니 나중엔 이구동성으로 소리쳤다.

"캡을 함부로 대하지 마세요!"

"걘 영웅이에요!"

"아무 피해도 안 줬단 말예요!"

캡을 체포한 경찰은 우리의 말을 전혀 이해하지 못했다.

"조용히 안 해?"

경찰은 고함을 질렀다.

"자, 내 말 잘 들어라. 이 버스는 경찰이 학교까지 몰고 갈 거다. 가는 도중에 찍소리도 내면 안 된다."

캡이 경찰차 뒤에 탔고, 문이 쿵 닫혔다. 끔찍한 순간이었다. 특히 내겐 더욱 끔찍한 순간이었다. 그때 내가 차마 해선 안 될 생각을 해서였다.

캡은 경찰에 체포됐고, 로드리고 아저씨는 생명이 위험했다. 그런데 난 무슨 생각을 했을까? '캡이 감옥에 가면 난 다시 평균 C 중학교의 동네북이 될 텐데'라는 생각이었다.

난 버러지였지만 적어도 수치스러워할 줄은 알았다.

기자회견에 나선 캡

 〈삼각법과 눈물〉이 없었다면, 난 학교생활을 이해할 수 없었을 거다.
 〈삼각법과 눈물〉은 소피가 제일 좋아하는 텔레비전 드라마였다. 방과 후면 딱히 할 일(예: 경찰에 체포되기)이 없어서, 난 날마다 소피랑 같이 봤다.
 갈런드 농장에는 텔레비전이 없다. 전력량이 불을 켜고 냉장고를 돌릴 정도의 수준이라서 그런 것만은 아니었다. 텔레비전은 거대한 황무지라서 우리의 수준을 낮춰 결국 선과 악을 구분하지 못하게 만든다고 할머니는 말했다. 난 늘 할머니의 말에 찬성하지만, 〈삼각법과 눈물〉은 정말 재미있었다. 이 드라마를 볼 때면 주변의 모든 것이 사라지고, 작은 화면 속에서 세상이 펼쳐졌다. 현실에서처럼 문제에 부딪히고 중요한 결정을 해야 하는 화면 속 등장인물들은 진짜 같았다.

문제에 부딪힌 등장인물 곁에도 레인 할머니처럼 든든한 사람이 있기를 바랐지만, 그들 곁엔 그런 사람이 없었다. 그들에겐 부모가 있었지만, 오히려 더 애들 같고 갈팡질팡했다. 갈런드 농장 바깥세상의 삶, 그 거대하고 복잡하고 함정과 위험으로 가득한 삶을 완벽히 보여주는 셈이었다. 게다가 가끔 프로그램이 멈추고, 사람들이 살 수 있는 대단한 물건들이 나왔다. 예를 들면, 과학적으로 여드름이 아예 안 나게 해주는 기적의 크림.

이 드라마를 보지 않았다면, 내가 채 6킬로미터도 안 되는 거리지만 버스를 운전한 걸 두고 사람들이 야단법석을 떨었을 때 당황했을 거다. 〈삼각법과 눈물〉에 나오는 어른들은 무언가에 늘 미친 듯이 화를 냈다. 그래서 경찰관, 경찰서장, 교장선생님, 버스 회사 사장, 도넬리 아줌마가 돌아가면서 나한테 소리쳤을 때, 난 놀라지 않았다. 심지어 이 사람들은 회복실에 있는 할머니에게 전화까지 했다. 이크! 그래도 할머니 목소리를 들으니 좋았다.

"정신 좀 차려라."

할머니가 말했다.

"하지만 축하한다고 말하고 싶구나. 넌 옳은 일을 했어."

"경찰은 그렇게 생각하지 않아요."

"일반적인 사람들이라 그래."

할머니가 혀를 끌끌 찼다.

"네가 생명을 구했는데, 출생증명서에 적힌 숫자에만 연연하고 말이지."

"저를 바닥에 엎드리게 하고, 뒤에서 수갑을 채웠어요."

난 불평을 털어놓았다.

"옛날 생각이 나는구나!"

할머니가 외쳤다.

"베트남전쟁 반대시위를 할 때마다 나도 그런 자세를 취했지. 그런 날이 있었어!"

"정말 싫었어요."

"캡, 걱정하지 마."

할머니가 위로했다.

"난 좋아지고 있어. 우린 곧 갈런드로 갈 거야."

집으로 돌아갈 생각에 마음이 따뜻해졌다. 어쩌면 더 좋은 발전기로 교체해서 〈삼각법과 눈물〉을 볼 수도 있을 거다. 할머니처럼 현명한 사람이라면 드라마를 한 번 보고 난 뒤에 그 진가를 인정할 거다.

난 다섯 살 때부터 태극권을 했다. 할머니가 선생님이었다. 몸과 마음이 하나가 될 때까지 집중하면 외부를 향한 의식이 사라진다고 할머니는 말했다.

로드리고 아저씨를 병원에 실어다준 다음 날이었다. 평소대로 반 정도 연습했을 때, 옆에서 누군가 태극권 동작을 따라 했다.

나오미라는 여자애였다. 난 나오미를 바로 알아봤다. 내가 지금까지 외운 54명의 이름 중 하나였다.
"손가락을 쭉 펴."
난 속삭였다.
"중심에서 시작된 에너지가 사지(四肢)로 흘러가거든."
나오미는 내가 시키는 대로 했다.
"고마워."
나오미는 태극권에 재능이 있었다. 하지만 짧게 끝내야 했다. 아침에 잭이 기자회견을 잡아놨기 때문이다. 그간 진땀 빼며 고생한 탓에 이젠 교실을 찾는 데 시간을 넉넉히 배분해야 한다는 걸 깨달았다.
"그럼, 나중에 봐!"
"잠깐!"
나오미가 소리쳤다.
"근데 나 지금 가봐야……."
"알아."
나오미는 슬퍼 보였다. 이번 기자회견 역시 내가 얼마나 곤혹스러워할까 하고 공감하는 건지도 몰랐다. 난 어쩌면 그토록 질문에 답을 못 하고, 기자들은 어쩌면 그토록 끈질기게 묻는지!
"캡, 할 말 있어."
난 나오미가 방송실 위치를 알려주겠거니 생각했다. 그런데 나오미는 이렇게 말했다.

"잭과 레나를 조심해. 아니, 우리 모두를 조심해. 우린 그리 좋은 애들이 아니야."

"넌 좋은 애야."

"아니, 캡, 네가 좋은 애야."

그렇게 말하고 나오미는 학교로 뛰어갔다.

그런 나오미를 지켜보다가 문득 '내가 갈런드 바깥 사람들을 이해할 수 있을까? 아니, 이해하려고 한 적은 있었나?' 하는 의구심이 들었다.

아무도 방송실을 몰라서 회견에 좀 늦었는데, 알고 보니 그냥 일반 교실이었다. 더 놀라운 건 보통 때는 기자가 잭, 레나, 대릴밖에 없었는데, 스무 명이나 되는 애들이 책상에 앉아 있었다.

"스쿨버스 모는 법을 어디서 배웠죠?"

둘째 줄에 앉은 검은 머리 남자애가 첫 질문을 던졌다.

"아무 데서도 배운 적이 없어요."

난 솔직히 말했다. 그리고 새로운 이름을 알 기회라는 생각이 들었다.

"이름이……?"

"트렌트 다비도프예요."

난 수첩을 꺼내 이름을 적었다.

"보통 땐 소형 트럭을 몰아요. 그래서 모퉁이를 돌 때 좀 어려웠어요."

"로드리고 아저씨가 심장발작을 일으켰다는 걸 어떻게 알았나요?"

트렌트 옆에 있던 여자애가 물었다.

"이름이 어떻게 되죠?"

난 즉시 물었다.

"케이틀린 랭킨이에요."

난 또 받아 적었다.

"심장발작인지는 확신할 수 없었어요. 근데 바닥에 무의식 상태로 누워 계시니 상태가 좋을 리 없다고 판단했죠."

뒤쪽에 있던 한 남자애가 크게 말했다.

"경찰이 뭐라 하던가요?"

남자애는 이어서 말했다.

"내 이름은 트레버 마르두카스예요."

난 수첩에 이름을 적으며, 나를 체포하면서 경찰이 했던 말을 그대로 떠올렸다.

"경찰은 '코를 깨끗이 해(keep your nose clean. '법에 걸리는 짓을 하지 말라'는 뜻의 관용어구:옮긴이). 안 그러면 다음번엔 소년원 간다'고 말했어요."

"로드리고 아저씨 얘기는 하지 않았나요?"

케이틀린이 물었다.

"네, 안 했어요. 난 경찰 말대로 코를 풀고 조심스럽게 닦아냈죠."

잭은 짜증이 난 듯 보였다. 이상했다. 모든 기자회견은 애당초 잭이 마련한 것인데 말이다.

잭이 손을 들었다.

"핼러윈 파티 계획을 아직도 짜지 않았다는 게 사실인가요?"

또 파티 얘기네.

학교 내 보는 출입문에 커다란 파티 안내 포스터가 붙어 있었다. 포스터엔 심지어 내 사진도 있었다. 내 입에서 나온 말풍선에는 이런 문구가 쓰여 있었다. '질문 있어요? 나한테 물어봐요!'

"네, 맞아요."

난 솔직히 인정했다.

"파티가 다가오는데 아무것도 준비하지 않았다니, 걱정되지 않나요?"

잭이 계속해서 물었다.

"파티에 관해 아는 게 없거든요."

난 사실대로 털어놨다.

"여러분을 포함해 내가 아는 사람이라곤 57명뿐이고요."

다행스럽게도 그때 종이 울려서, 질문에 더 답하지 않아도 됐다. 하지만 우리가 복도로 향할 때, 트렌트가 다가왔다.

"파티 음악을 고를 때 말이지, 우리 사촌형이 하는 바에 디제이가 하나 있는데…… 음악이 정말 끝내줘! 파란 머리를 한 손님들을 완전 취하게 만들지."

난 얼굴을 찡그렸다.

"그냥 평범한 머리를 한 사람들도 좋아했어?"

"완전 반응 좋았지!"

트렌트가 나를 안심시켰다.

"애들 모두 좋아했어!"

할머니의 말이 생각났다. 갈런드 농장이 노동 공동체이던 1960년대에 크고 어려운 일은 그 일을 가장 잘해낼 사람에게 돌아갔다. 그런데 파티에 가본 적도 없는 내가 왜 파티 기획을 맡아야 하지?

난 트렌트를 바라보며 말했다.

"네가 음악을 맡아줘."

트렌트는 깜짝 놀란 모양이었다.

"나한테 디제이를 고용하는 직권을 주는 거야?"

트렌트는 숨을 죽이고 물었다.

"직권은 아니야. 직권이란 권력을 과시하는 수단일 뿐이야. 구성원 개개인이 자기가 제일 잘하는 걸 맡아서 할 때 공동체가 잘 돌아가는 거지."

트렌트는 고개를 끄덕였다.

"근데 디제이 보수는?"

"모든 일이 돈과 연관된 게 참 부끄럽다."

난 탄식했다.

"그건 걱정하지 마."

케이틀린이 끼어들었다.

"학교 측에 파티 예산이 있을걸."

그러곤 나를 쳐다보며 물었다.

"맞지?"

물론 난 몰랐다. 갈런드 농장에서는 할머니가 물건을 살 때 돈을 썼다. 하지만 난 1달러짜리 지폐조차 손에 쥐어본 적이 없었다. 할머니와 나는 바깥세상이 이상하게 돌아가고 돈에 미친 사고방식이 팽배해 있다고 생각했다.

그래서 난 케이틀린과 트렌트가 듣고자 하는 답을 말해줬다.

"맞아."

내가 제대로 답한 것이길.

행복한 소피

저 괴짜가 행운을 가져다주는 부적일지 모른다. 처음 운전연습을 한 지 며칠 후, 아빠가 나타났다. 아빠는 직업상 많은 곳을 돌아다니지만 이번에는 몇 달 머물 거라고 했다.
"그래서 말이지, 이번엔 네가 면허를 따도록 연습시켜줄게."
아빠가 나를 보며 활짝 웃었다.
엄마가 아빠를 쳐다봤다.
"지난주 당신이 안 와서 소피가 얼마나 실망했는지 알아요?"
"엄마!"
난 경고의 목소리를 냈다. 성가시게 참견하는 사회복지사는 필요 없었다.
아빠는 이런 분위기를 모른 척 넘어갔다.
"아이고, 그래서 왔잖아."
아빠는 명랑하게 말했다.

"가자."

우리는 같이 밖으로 나갔다.

말할 게 하나 있는데, 아빠가 캡처럼 참을성이 있으면 좋겠다고 생각했다. 하지만 우리 집 객식구는 경찰의 스쿨버스 절도범 A급 리스트에 오른 탓에 그 애랑 연습하는 건 이제 너무 위험한 일이 돼버렸다.

내가 아빠 차를 집 앞 진입로 쪽으로 몰고 있을 때, 캡은 가지가 늘어신 버드나무 아래서 태극권을 연습하고 있었다.

"저런!"

아빠가 놀란 목소리로 말했다.

"쟤가 엄마가 데려온 부랑아니?"

"맞아요."

난 한숨을 내쉬었다.

"아니, 대낮에 사람들이 다 보는 데서 저걸 굳이 해야 한다니?"

"원래는 집에서 했는데요."

난 시인했다.

"내가 못 하게 했어요. 쓰레기통에 물을 담아다가 세 번 퍼부었거든요."

덧붙여 말하자면, 캡이 이 일로 백기를 든 셈이었다.

아빠가 소리 내 웃었다.

"소피야, 이렇게 잘 참는 걸 보니 넌 성인군자가 틀림없다. 흔히 경험할 수 없는 고통이지."

　아빠와 난 생각이 같다(특히 내가 성인군자라는 거). 아빠랑 있으면 이런 게 좋다. 엄마는 어찌나 다정하고 친절하고 이해심이 많은지, 엄마를 뺀 나머지 사람들을 감수성 없는 족속으로 만들어버린다. 하지만 아빠는 캡 앤더슨을 한 번 보고는 바로 내 편이 됐다. 아빠가 떠나고 없을 때(아빠는 없는 시간이 더 많았다), 그 부재의 시간은 아빠를 더욱 그리워하게 했다.

　아빠는 문까지 나를 데려다주며 객식구를 향해 손을 흔들었다.

　"얘, 동작이 멋지구나. 나도 어릴 적엔 검도 좀 했는데."

　아빠는 벽과도 얘기할 사람이다. 타고난 영업 유전자를 지녔다고나 할까?

　캡은 탐탁찮은 듯했다.

　"칼로 하는 거 맞죠? 우리 할머니는 무기를 써서 하는 건 절대 가르쳐주지 않을 거예요."

　아빠는 그렇다는 뜻으로 머리를 끄덕였다.

　"그런데 패드를 댄 막대기로 연습하니까 다치는 사람은 없어. 칼은 의식을 수행하는 도구일 뿐이고, 검도는 몸의 급소와 기의 흐름에 관한 거야. 언젠가 한번 보여주마."

　그러곤 나를 보며 말했다.

　"이만 가봐야겠다. 근데……."

　아빠는 주머니에 손을 넣어 작은 보석 상자를 끄집어냈다.

"늦었지만, 생일 선물이야."

맞다, 일곱 달 늦었다.

난 선물을 받아들고 날아갈 것 같은 기분이었다. 형형색색의 보석이 박힌 은팔찌였다.

"정말 맘에 들어요. 아빠, 고맙습니다."

팔찌를 차보려는 순간 아빠가 다시 낚아챘다.

"잠깐 기다려. 글자를 새겨 넣기 전에 네가 맘에 들어 하나 보려고 한 기야."

캡은 넋을 놓고 팔찌를 보더니 조용히 말했다.

"그거, 내가 본 것 중에 제일 예쁘다."

아무렴 그러시겠지. 캡은 나무판자와 비료로 둘러싸인 곳에서 자랐다. 캡이 본 것 중 가장 빛나는 것이라곤 기껏해야 오래된 건초용 갈퀴였을 거다.

아빠는 이걸 소재로 웃기려고 했다.

"너, 많이 돌아다니지 않는가 보구나?"

"여기 오기 전까진 바깥에 나가본 적이 없어요. 저장품을 사러 나갈 때 빼고요."

"잊고 있었구나. 너, 갈런드에서 왔다지? 소피 엄마도 거기서 자랐지. 거긴 요즘 어떠냐?"

아빠의 물음은 올해 무 작물 때문에 주머니곰을 죽일 뻔했다는 캡의 얘기로 이어졌다. 아빠는 최고였다. 캡이 말하는 모든 이야기에 집중하는 듯했지만, 가끔 나한테 능글맞은 웃음을 지어 보였다. 그 모습이 너무 웃겨서 애써 웃음을 참으려고 슬픈 생각을 떠올려야 했다.

아, 아빠가 돌아와서 얼마나 행복하던지!

적응해가는 캡

이제 내가 아는 애는 129명이다. 하지만 전교생 수는 1,100명이라서 당최 외울 이름이 줄지를 않는다.

할머니는 늘 말했다.

"포기하지 마라. 굴복하지 마라."

물론, 인권이나 전쟁 같은 것에 관한 얘기였다. 하지만 그 말이 여기에도 해당한다고 난 믿는다.

좋은 소식: 점점 더 많은 애들이 나한테 다가와서 이름을 물을 기회가 생겼다. 애들은 내가 로드리고 아저씨를 병원까지 데리고 갔던 때를 궁금해했다. 난 로드리고 아저씨가 괜찮은지보다, 아저씨가 어떻게 응급실에 갔는지를 더 궁금해하는 애들이 신기했다.

지난번 마지막 통화에서 할머니는 이렇게 말했다.

"그게 사회란다. 규칙을 따르는 게 자기 삶을 사는 것보다 훨씬 중요하지. 법적으로 넌 만 열여섯 살이 되기 전까지 운전할 수 없어. 열여섯 살이 안 된 누군가가 운전한다는 건 아주 굉장한 사건이지. 네 주변 애들을 측은하게 여기도록 해라. 걔들은 수감자나 마찬가지인데, 그 사실을 모르지."

"그래서 그렇게 소피가 면허에 집착하는 거군요."

"그래, 맞아. 면허가 뭐냐? 그저 종이 한 장이잖아. 그게 우리가 만든 법에 우리를 가두는 실제 예로구나."

할머니는 정말 현명했다. 할머니와 날마다 스무 번쯤 대화를 나눌 수 있으면 좋겠다고 생각했다. 난 한 치 앞도 보이지 않는 안개 속을 처음으로 항해하는 사람 같았고, 할머니는 숙련된 선장 같았다. 매번 치는 파도를 어떻게 다뤄야 할지 할머니한테 물을 수 있다면 얼마나 좋을까.

"몸은 좀 나으셨어요? 우린 언제쯤 집에 돌아가요?"

"곧 갈 거다."

할머니가 약속했다.

"그동안 넌 늘 너 자신에게 충실해야 해. 주변의 모든 사람이 정신적으로 박약한 사람들이라 해서 너까지 변하면 안 돼. 소피란 애는 내가 못 봤지만, 걔 엄마 플로라먼디는 갈런드가 내세울 만큼 바람직한 사람은 아니었단다. 피는 못 속인다는 속담이 있어."

"할머니."

난 부드럽게 말했다.

"부정적인 생각이 꼬리에 꼬리를 무는 것 같아요."

할머니는 사람들이 부정적일 때, 상처 난 영혼에 강력 접착테이프를 붙이려는 성향이 있다고 말한 적이 있었다. 강력 접착테이프는 배수관이나 철사 망을 이어주지만, 상처 난 영혼을 아물게 해 줄 순 없다.

"그래, 네 말이 맞구나."

할머니는 한숨을 쉬며 인정했다.

"정신적으로 이상한 사람들 사이에 있으니 긍정적으로 생각하기가 참 어렵구나. 갈런드로 오기 전 암울했던 시기로 되돌아간 것만 같아. 어제는 의사란 사람한테 내가 손짓을 했지 뭐냐. 내가 택시 운전사로 일할 때 하던 손짓이 무의식적으로 나온 거라고 생각해야지 뭐."

할머니가 소피를 보지도 않고 좋지 않게 말하는 걸 들으니 기분이 이상했다. 물론 내 책임도 있었다. 소피가 나한테 막말하고 못되게 굴었던 걸 죄다 할머니에게 말했기 때문이다. 그래서 이젠 소피의 좋은 점을 말해야 하는데, 정확히 설명하기가 어려웠다. 예를 들면, 소피가 웃을 때 그 순간만큼은 슬픔을 찾아볼 수 없었다. 그런데 할머니가 그걸 어떻게 이해하지? 나도 정확히 이해한 건지 아리송한데 말이다.

소피와 관련된 모든 것은 뭐랄까, 일종의 화려함이 있었다. 할머니한테 몇 년간 미술을 배웠지만, 소피 발톱에서 반짝거리는 페

디큐어 색만큼 강렬한 색은 기억에 없었다. 욕실 선반에 한 줄로 늘어선 형형색색의 병과 통, 단지 들은 정말 근사했다. 또 이름 하나하나는 어떻고! '화산 경석이 함유된 패션 프루트 힐 소프트너', '극락조 엑스폴리에이팅 스크럽', '일랑일랑 향이 나는 벌꿀 함유 보습 로션'. 소피의 '머리를 초강력으로 풍성하게 해주는 석류 샴푸'를 쓰고 거울을 봤는데, 내 눈을 의심했다. 머리카락이 사방으로 쭉쭉 뻗어 있었다. 마치 후광처럼 금발 보풀로 이루어진 거대한 원이 나를 에워싸고 있었다.

머리카락을 빗어 차분하게 하려 했지만, 치직 소리만 나면서 더 뻣뻣하게 섰다. 왜 그런지 모르겠지만, '머리를 초강력으로 풍성하게 해주는 석류 샴푸'는 마치 내가 콘센트에 손가락을 끼워 넣은 듯 머리카락에 정전기를 가득 넣었다.

엎친 데 덮친 격으로, 쿵쿵 문 두드리는 소리가 나고, 소피가 소리를 질렀다.

"나와! 욕실도 독차지네!"

내가 문을 열자 소피는 뒤로 물러서며 얼빠진 듯 나를 봤다.

"일진 사나운 날이란 말을 들어봤지만, 이야! 네 머리 폭탄 맞은 것 같다!"

"네 샴푸를 써봤어."

내가 실토하자 소피는 화를 냈다.

"머리를 초강력으로 풍성하게 해주는 샴푸를 쓸 거면, 같은 라인의 린스도 함께 써야 해. 안 그러면 만 볼트 전류가 머리를 타고 솟구친다구."

내가 완전히 속수무책으로 보였음에 틀림없다. 소피가 나를 불쌍하게 여겼기 때문이다. 소피는 병을 하나 집더니 나를 부엌으로 데려갔고, 싱크대에 내 머리를 처박았다. 싱크대 물로 머리를 적시자, 내 머리카락이 소행성 모양으로 작아지는 게 느껴졌다.

"마지막으로 머리 자른 게 언제야?"

소피가 놀란 목소리로 물었다.

"한 번도 자른 적 없어."

"한 번도?"

"음, 내가 우물 펌프 손잡이에 머리를 박았을 때 캐퍼티 선생님이 머리를 꿰매려고 머리카락 일부를 밀어낸 적은 있지."

소피는 달콤한 향내가 나는 무언가를 머리에 붓고 조물조물 문질렀다.

"선생님? 너네 주치의?"

"아니, 수의사야."

문지르던 손이 갑자기 멈췄다.

"무슨 소리야!"

잠시 얼었던 소피가 말문을 열었다.

"나한테 방금 말한 거, 다른 사람들한테 절대 말하지 마. 특히 아동복지국 명찰을 단 사람들한테는 더더욱 안 돼."

그 이후 머리카락이 괜찮아졌고, 난 소피의 근사한 욕실 선반에 놓인 물건을 다시는 건드리지 않았다. 소피가 쓰지 말라고 하지는 않았다. 소피는 지성 피부용 크림을 어떻게 쓰는지 알려주기까지 했다. 그래도 난 손을 대지 않았다. 나도 위험한 게 뭔지 구별할 줄은 안다.

소피 아빠가 온 덕분에 그녀의 기분이 많이 좋아졌다. 소피 아빠는 약속대로 소피에게 운전을 가르쳐줬다. 소피 아빠, 도넬리 아저씨는 정말 좋은 사람이었다. 하지만 아저씨가 나타날 때마다 도넬리 아줌마는 꼭 멀리 떨어진 간판에 쓰인 글자를 읽으려는 사람처럼 사팔뜨기 눈을 하고서 고통스러운 표정을 지었다.

도넬리 아저씨는 따로 시간을 내서 나한테 검도 자세를 가르쳐줬다. 집에 돌아가면 할머니에게 자랑하고 싶었다. 그것도 몹시.

학교에서 많은 애들이 나랑 얘기하고 싶어 하는 또 다른 이유는 핼러윈 파티였다.

다행히도 〈삼각법과 눈물〉에 춤을 추는 게 나와서 조금은 이해할 수 있었다. 할머니는 1960년대에 시위할 때 '수백 명이 배가 맞닿을 정도로 빼곡히 모여서 손을 위로 흔들며 소리를 질렀다'고 했는데, 그 시위와 몹시 비슷해 보였다. 왜 이런 것을 재미삼아 하고 싶어 하는지 이해하기 어려웠다. 하지만 애들은 하고 싶어 했다. 애들은 온통 파티 얘기만 했다.

"파티 음식으로 뭘 준비해야 할지 모르겠어."

난 적어도 열 번은 이렇게 말했다.

"파티 때 음식을 먹는 줄 몰랐거든. 춤만 추는 줄 알았지."

"그래. 근데 간식, 음료수, 디저트 같은 건 준비해야 해."

홀리 반 아든(130번)이 말했다.

"우리 동네 사는 오빠가 세인트 앤드루 고등학교에 다니거든. 거기 졸업 파티 때는 '원하는 방식으로 피자 만들어 먹기'를 했대. 직접 빵 모양을 디자인하고, 반죽을 하고, 토핑 올리고. 피자가 익는 동안 학생들은 춤을 춘대. 반응이 진짜 좋았나 봐."

"우리도 그거 하는 게 좋겠다."

난 결정했다.

"어서 준비하자."

"근데 비용이 만만치 않아."

홀리가 말했다.

"이동식 피자 오븐을 가져와야 하거든."

난 만약 우리가 돈이 없어서 한 달에 한 번씩 식료품을 못 사게 되면 어쩌냐고 물었을 때 할머니가 나한테 해준 말을 홀리에게 해 줬다.

"너무 돈 걱정하면서 살면, 돈이 네 인생을 지배하게 될 거야."

"멋지다!"

홀리가 소리쳤다.

그렇게 해서 이 일은 홀리가 맡게 됐고, 같은 방식으로 음료수, 디저트, 포스터, 장식을 맡겠다는 애들이 생겨났다.

다음 날 태극권을 하려고 학교에 도착해 보니, 홀리 반 아든이 같이 해도 되냐고 물었다. 나오미는 벌써 와서 기다리고 있었다.

캡을 빛나게 하는 휴

'캡의 절친'.

누군가 나를 이렇게 부르는 걸 우연히 듣고 놀랐다. 문제 될 것은 없었다. 그동안 애들이 내 얘기를 할 때면 보통 이렇게 시작했다.

"학교 최고 얼간이가……."

그에 비하면 엄청나게 발전한 거였다.

또 사실이기도 했다. 글쎄, 사실에 가까웠다. 우리는 많은 시간을 함께 보냈지만, 그건 학교에서만 그랬다. 잘은 모르겠지만, 캡은 매일 오후가 되면 스쿨버스를 타고 X차원 공간으로 쉭 떠나버렸다. X차원 공간을 통해 캡의 성격을 조금은 파악할 수 있을지 모른다.

더 가까워지려고 여러 번 노력했지만, 캡은 경쟁의 폐해에 관해 일장 연설을 늘어놓으며 체스 동아리에 오지 않으려 했다.

또 우리 집에 초대하자, 안 된다고 했다. 무례하지는 않았다. 캡은 캡이니까. 캡이 사는 곳은 진짜 걔네 집이 아니라 놀러 갈 수도 없었다.

좋아, 중립지대를 찾는 거야! 어쩌면 캡을 쇼핑몰로 데려갈 수 있을지 모른다.

"티셔츠 근사하다."

난 캡한테 말했다.

"어디서 샀어?"

또 다른 난관.

"갈런드에서 난 할머니랑 직접 홀치기염색을 해."

그때 난 캡이 방심한 사이에 치고 들어갔다.

"나도 가르쳐주라."

난관 타개.

다음 날 아침, 우리는 수업 전에 미술실에서 만났다. 난 하얀 민무늬 티셔츠 몇 장을 가져왔고, 캡은 그것들을 돌돌 말아 비틀고 꽁꽁 묶어 고무줄로 고정하는 법을 보여줬다. 그리고 나서는 수납장을 뒤져 작은 핵폭탄을 만들 만큼의 화학약품들을 꺼내 왔다. 아, 진짜 핵폭탄을 말하는 게 아니다. 하지만 정말 많은 재료가 있었다. 그림물감, 염료, 색을 영구적으로 지속하게 해줄 용액이 주를 이루었다.

우리가 보라색 통에 첫 번째 셔츠를 적시고 있을 때, 애그뉴 선

생님이 첫 수업을 준비하려고 들어왔다. 아차 싶었다. '이런, 방과 후에 남으라고 하겠군.'

"휴 윙클맨, 허락을 받았어야지."

애그뉴 선생님이 내 공모자를 봤다.

"네가 캐프리콘 앤더슨이구나! 로드리고 아저씨 사건 들었다. 넌 영웅이야!"

애그뉴 선생님은 싱크대를 바라봤다.

"어머나, 홀치기염색이네! 대학생 때 해보곤 못 해봤는데!"

종소리와 함께 애그뉴 선생님 수업을 들으려고 나타난 애들이 알록달록 축축한 천에 몰입한 우리 셋을 바라봤다. 애그뉴 선생님은 애들에게 사물함에 가서 티셔츠와 체육복 반바지 등 색을 입힐 수 있는 것이면 뭐든지 가져오라고 했다.

"근데 오늘 움직이는 사람의 모습을 그리는 거 아닌가요?"

한 2학년 애가 말했다.

"내일 할 거야."

애그뉴 선생님이 건성으로 말했다.

"오늘은 홀치기염색 한다."

심지어 애그뉴 선생님은 캡과 내가 첫 수업에 빠져도 문제없도록 교무실에 전화까지 했다. 선생님이 전화로 말한 내용은 거기서 그치지 않은 듯했다. 왜냐하면 몇 분 뒤에 스피커에서 안내방송이 나왔기 때문이다.

"학생회장 캐프리콘 앤더슨과 홀치기염색을 하고 싶은 사람은 미술실로 가세요."

음, 우리 학교 애들 중에 수업을 빼먹을 무료 티켓을 마다할 애가 몇이나 될까? 수건, 양말, 속옷, 비틀고 묶어도 될 만큼 유연한 천 가방을 든 애들이 줄을 섰다. 애그뉴 선생님의 인기는 절정에 달했다. 이만큼 미술실이 인기 있었던 적은 없었다.

스타는 당연히 캡이었다.

캡은 직접 시범을 보이고, 도와주고, 색을 섞고, 염색을 마친 작품을 널었다. 단순한 홀치기염색 축제가 아니었다. 애들은 캡한테 스쿨버스를 몰던 일과 핼러윈 파티에 관해 물으며, 캡의 한마디 한마디에 귀를 기울였다. 그때 불현듯 '애들이 조회 때, 그리고 복도 여기저기서 캡을 보긴 했어도, 아무도 캡을 진짜 알지 못했는데'라는 생각이 들었다. 오늘은 단순히 티셔츠 몇 장을 홀치기염색 하며, 내가 좀 더 캡과 친해지려는 의도에서 시작된 것이었다. 하지만 내 눈앞에 펼쳐진 이 자리는 학생회장의 사교계 데뷔 축하 파티로 변해버렸다. 미술실에는 애들이 80명 정도 있었고, 장담컨대 그중 95퍼센트는 어느 순간 캡한테 다가갔다.

캡은 캡답게 모든 애들의 이름을 묻고 수첩에 받아 적었다.

그날 애들은 채 마르지 않은 자기 작품을 입고 자랑스럽게 돌아다녔다. 그래서 복도는 온통 알록달록한 색깔로 불탔다. 애들이 서로 상대방을 가리키고 깔깔거리며 하이파이브를 하는 축제 같은 분위기였다.

  그 덕분에 오늘은 그 무언가를 볼 수 없었다. 그러니까 캡 앤더슨 머리카락에 앉은 종이공이 한 개도 없었다.

  단 한 개도.

드라마에 푹 빠진 캡

버스에서 내려 도넬리 아줌마네 집으로 걸어가는 순간 뭔가 잘못됐다는 걸 알았다. 도넬리 아줌마의 차가 진입로에 주차되어 있었다. 아줌마가 일찍 왔다는 뜻이다. 그리고 〈삼각법과 눈물〉이 곧 시작하는데, 텔레비전은 꺼져 있었다.

소피와 도넬리 아줌마는 부엌에 있었다. 도넬리 아줌마의 목소리가 들렸다.

"얘야, 너무 우울해하지 마. 어떤 사람인지 잘 알잖니."

난 서둘러 부엌으로 갔다.

"무슨 일 있어요? 괜찮아요?"

빈 생수병이 내 귀를 아슬아슬하게 비켜갔다.

"꺼져!"

소피가 꽥 고함을 쳤다.

"네가 뭔 상관인데?"

"소피!"

도넬리 아줌마가 소리쳤다.

"캡한테 사과해!"

소피는 의자에서 벌떡 일어나 계단으로 뛰어갔다.

"엄마, 쟤한테 뭐라고 말하기만 해봐요!"

소피는 쿵쿵거리며 자기 방으로 가더니 문을 쾅 닫았다.

난 도넬리 아줌마를 쳐다봤다.

"제가 뭘 어쨌는데요?"

멍청한 질문이었다. 내가 뭘 어쩌긴? 난 아무것도 어쩌지 않았다.

"소피를 용서해다오."

도넬리 아줌마가 간곡히 부탁했다.

"안 좋은 소식을 들어서 저래."

난 걱정이 됐다.

"도넬리 아저씨한테 무슨 일 있어요?"

"일이 안 생길 때가 없지."

아줌마는 한숨을 내쉬었다.

"인사도 없이 떠났거든."

"그럼 운전면허 시험은 어떡해요?"

운전면허증이 단순히 종잇장에 불과할지 모르지만, 소피에겐 전부였다.

아줌마는 어깨를 으쓱했다.

"내가 소피를 데리고 갈 수 있을 때로 다시 시간을 조정해야지. 도넬리 아저씨는 그리 형편없는 사람은 아닌데, 끝까지 마무리 짓는 걸 못 해. 갑자기 나타나서 사람 가슴에 바람만 잔뜩 불어넣고 가버리지. 그리고 다음번에 나타나서 또 그러고. 난 하도 겪어서 초연해졌어. 근데 소피는 아직 그걸 몰라."

소피 때문에 가슴이 아팠다. 소피가 낙심할 만도 했다. 도넬리 아저씨가 갑자기 집을 떠나는 바람에 팔찌를 받지 못했단다.

소피가 언제 그 팔찌를 볼 수 있을지 누가 알겠나? 하지만 소피가 정말로 속상해하는 건 은팔찌 때문이 아니다.

한 사람 이상을 알고 지내다 보면 삶이 확실히 복잡해진다. 내가 1,100명을 알면 어떻게 될지 상상이 갔다.

〈삼각법과 눈물〉에 리숀이란 애가 나오는데, 난 그 애가 정말 짜증났다. 닉처럼 여자친구를 속이거나, 오로라처럼 재미로 컴퓨터 바이러스를 퍼뜨리는 건 아니었다. 하지만 리숀의 무책임한 행동은 정말 봐줄 수가 없었다.

소피는 당연히 반박했다.

"뭘 신경 써? 그냥 드라마일 뿐이야."

도넬리 아저씨가 떠난 후 소피의 기분은 급속히 나빠졌다.

"하지만 리숀이 SAT(미국의 대입 수능시험:옮긴이)를 다시 쳐서 점수를 제출하지 않으면, 플로리다 대학에서 입학을 취소할 거야!"
 난 소리쳤다.
 소피는 그런 나를 측은하게 바라봤다.
 "그래서?"
 "리숀은 SAT 공부를 시작도 안 했어! 늦잠을 자서 모의시험도 못 쳤잖아!"
 "〈삼각법과 눈물〉은 원래 그래."
 소피가 설명했다.
 "지극히 평범한 사람들을 등장시키고 시궁창 같은 삶을 살게 한다구. 그래서 보는 맛이 나잖아. 다 완벽하면, 더 볼 게 뭐 있겠냐?"
 "그럼 리숀은 내년에 뭐 할까?"
 난 끈질기게 물었다.
 "다른 드라마에서 다른 배역을 맡겠지. 저 사람은 연기자야."
 소피는 오랫동안 텔레비전을 봐와서인지 리숀이 자기 미래를 내동댕이치는 걸 봐도 아무렇지 않은 듯했다. 난 고통스러운데 말이다.
 할머니는 다른 사람을 손가락질하는 건 결국 자신을 손가락질하는 거나 마찬가지라고 늘 말했다. 내가 리숀에게 화가 나는 건 바로 그 때문이다. 리숀은 어떻게 SAT 점수가 저절로 올라갈 거라고 생각하는 거지? 대학에 갈 기회를 잃게 된다는 사실을 왜 무시하지?

그런데 정말 너무 비슷했다. 난 학생회장으로서 핼러윈 파티에 책임이 있었지만, 리숀식 처리법대로 하고 있었다. 마치 파티가 저절로 없어질 것처럼 모든 사실을 무시했다.

그때 〈삼각법과 눈물〉에서 모든 게 리숀에게 유리한 방향으로 흘러갔다. 오로라가 퍼뜨린 컴퓨터 바이러스가 플로리다 대학 입학사정관실 컴퓨터로 흘러들어가 기록의 반을 지웠다. 리숀은 자기 문제를 못 본 척했지만, 그 문제는 차츰차츰 눈 녹듯 해결됐다.

내게도 같은 일이 일어났다. 놀라웠다. 난 아무것도 하지 않는데, 어찌어찌 파티가 준비돼가고 있었기 때문이다. 이젠 애들이 복도에서 나한테 다가왔고, 내가 음악실에서 기타를 치면 반주에 맞춰 노래하려 했으며, 아침마다 하는 태극권에도 같이 참여하려 했다. 그리고 파티 준비를 돕겠다고 나섰다.

〈삼각법과 눈물〉은 분명 인생의 지침서 같았다.

갈런드 농장에서는 단순한 논리만 따르면 됐다. 토마토 씨를 심으면 토마토를 거둔다. 씨를 심지 않으면 토마토도 없다. 원인과 결과였다. 하지만 실제 학교생활은 너무 복잡하고 불규칙해서 정말 된통 운이 좋아야 해결책을 찾을 수 있다. 마치 씨를 심지 않고도 토마토를 거두는 것과 같다고나 할까?

난 결코 혼돈과 어수선함으로 가득한 바깥세상에 익숙해지지 않을 거라고 생각했다. 하지만 공중으로 던진 수백만 개의 퍼즐 조각 중 우연히 제자리에 꼭 맞게 떨어지는 조각이 있었다. 이런 이치에서 리숀은 대학에 갈 것이고, 평균 C 중학교에서는 핼러윈 파티가 열릴 것이다.

"앤더슨, 이리 와봐! 할 말이 있다."

깊은 명상에 빠져 있던 난 이 말에 번쩍 정신이 들었다. 카시기 교감선생님이 나를 무섭게 내려다보고 있었다.

"왜 나한테 한 번도 들르지 않았지?"

난 어안이 벙벙했다.

"들렀어요…… 학교 처음 왔을 때요."

"이 녀석, 어물쩍 넘어갈 생각 하지 마! 디제이, 이동식 피자 오븐 얘기 들었다! 뭘로 그 비용을 낼 생각이냐?"

"저는 돈이 없어요."

카시기 선생님의 얼굴이 붉어졌다.

"아무도 너보고 돈 내라고 안 해! 학교에서 파티 예산을 배정해 놨다. 하지만 네가 어떻게 돈을 쓸 건지 계획안을 제출하지 않으면, 땡전 한 푼 못 준다!"

"계획안 없어요."

난 솔직히 말했다.

"그냥 저를 도와줄 애들만 있어요."

"예를 들면? 뻐꾸기시계 고치는 거 도와줄 애들?"

카시기 선생님은 교장단 회의 기획위원회에 어떻게 자원했는지 일장 연설을 늘어놓더니, 그래서 결국 나한테 재무개론을 차근차근 설명해줄 시간이 없다고 말했다.

"하지만 모든 게 준비됐어요. 음식, 음악, 장식은 다 됐어요."

리숀에 관해 말하려다가 참았다. 카시기 선생님은 〈삼각법과 눈물〉을 좋아하지 않을 거라는 생각이 들었기 때문이다.

"그런데 누가 수표를 쓰지?"

선생님이 물었다.

"수표요?"

할머니는 수표책이 있었다. 하지만 할머니가 만지는 걸 본 적은 없었다.

"살아가려면 때로는 돈을 써야 한단다."

할머니는 종종 이렇게 말했다.

"하지만 그렇다고 돈의 노예가 돼야 한다는 말은 아니야."

할머니에게 돈은 불쾌한 것이었지만, 필요한 기능이었다. 마치 화장실에 가는 것처럼.

카시기 선생님은 나더러 수표를 쓰라고 했다. 그런데 선생님 역시 수표에 서명해야지 그렇지 않으면 무용지물이라고 했다.

방과 후에 카시기 선생님은 나를 은행으로 데려갔다. 은행은 가본 적이 한 번도 없었다. 하지만 들어가는 순간 이곳이 할머니와 내가 갈런드에서 살며 거부하던 모든 것을 한 번에 대표한다는 걸 알았다. 이곳에서 중요한 것은 돈이었다. 사람들은 돈을 맡기고, 찾고, 빌리고, 되돌려줬다. 대낮에 버젓이 돈을 세고 있기도 했다. 솔직히 난 도망가고 싶었다.

하지만 어떻게? 우선, 유니폼을 입고 문을 지키는 남자가 하나 있었다. 남자가 허리에 아주 커다란 총을 찬 걸 보고 난 놀라서 팔짝 뛰었다.

그런 나를 보고 카시기 선생님이 말했다.

"앤더슨, 진정해라. 경비원이야. 은행 강도가 아니야."

내가 이 임시 삶에 적응하고 있구나 하고 생각할 때마다, 무언가 나타나 내가 여전히 이방인이라는 걸 보여주었다.

카시기 선생님과 나는 은행원을 만났다. 볼일이 끝났을 때, 선생님은 '클래버리지 중학교: 학생활동비'란 글씨가 쓰인 수표책을 손에 들고 있었다.

"이걸로 음악과 음식을 준비하는 데 필요한 돈을 내면 된다."

선생님은 그렇게 말하고는 그 자리에서 처음 12장의 수표에 서명했다.

"또 다른 데에 돈 쓸 일이 생길 거야. 늘 그런 법이지."

선생님은 왜 이 돈이 개인의 돈이 아니고 모두의 돈인지, 내가 책임감을 지녀야 하는지에 대해 일장 연설을 늘어놨다. 선생님이 한 말을 조금이라도 이해한다면 책임감을 지닐 수 있을 텐데.

난 그저 이 끔찍한 곳에서 빨리 벗어날 수 있기만을 바랐다. 도넬리 아줌마네 집까지 태워다준다는 것도 마다했다. 콧구멍에 남은 은행 냄새를 없애려면 신선한 공기를 마시며 걸을 필요가 있었다.

몇 블록 걸어갔을 때 난 그 자리에서 멈춰서고 말았다. 작은 보석가게의 쇼윈도 유리 너머로 은팔찌 하나가 반짝이고 있었다. 소피가 아빠한테 받은 생일선물과 꼭 같은 것이었다. 정확히 말하면, 글자를 새겨 넣는다고 아빠가 도로 가져가는 바람에 아직 받지 못한 그 팔찌.

가까이서 보려고 가게로 들어갔다. 은팔찌는 아름다웠지만, 좀 슬퍼 보이기도 했다. 요즘 소피가 얼마나 속상해하는지 생각났기 때문이다.

갑자기 이런 생각이 떠올랐다. 내가 이 팔찌를 사서 글자를 새긴 후 소피한테 보내면, 소피는 아빠가 보낸 걸로 생각하겠지. 그럼 소피는 좋아할 테고.

난 돈이 없었다. 하지만 더 좋은 게 있었다. 작은 빈칸에 서명하면 자동으로 돈과 같은 구실을 하는 수표. 선생님의 말이 떠올랐다. "책임감을 가져라."

할머니는 '책임감이란 내가 지닌 능력으로 다른 사람을 행복하게 만드는 것'이라고 늘 말했다.

"이거 주세요."

난 카운터에 있는 여자에게 말했다.

"이거 175달러짜리야."

여자의 목소리에 경계심이 묻어났다.

"수표 받으세요?"

걱정 반 안심 반의 도넬리 아줌마

카시기 교감선생님에게 메시지를 네 개나 남긴 후에야 마침내 연락을 받았다.

교감선생님은 미안해했다.

"플로라, 미안합니다. 아시다시피 올해 교장단 회의 의장직을 맡았는데, 자잘한 일이 어찌나 많은지······."

"바쁘신데 제가 방해한 것 같아 죄송하네요. 캡 앤더슨이 어떻게 생활하는지 알아보려고요. 잘 적응하고 있나요?"

"어디에 적응을 한다는 말씀이신지?" 카시기 선생님이 물었다. "1960년대를 말씀하시나요?"

내 가슴은 철렁 내려앉았다.

"그 정도로 적응을 못 하나요?"

"아뇨, 그 정도는 아닙니다. 처음엔 캡을 문제투성이인 애로 생각했었죠. 그런데 특이하고 고립된 삶을 살았던 걸 참작하면, 학교생활이 그리 나쁜 편은 아니에요."

"친구는 있나요?"

난 희망을 품고 물었다.

"정확히 말하면, 친구는 아니고 추종자에 더 가까운 애들이죠."

"추종자요?"

"캡이 스쿨버스를 곡예 운전한 뒤로, 캡 주위에 애들이 몰리고 있어요. 미술선생님과 홀치기염색 교습을 하기도 했어요. 이건 대단한 반전이죠!"

교감선생님은 점잖게 웃었다.

"중대한 사건을 칭하는 1960년대 용어가 뭐였더라······."

"해프닝요."

난 자동으로 대답했다.

"맞아요. 해프닝 같은 일이죠. 캡이 음악실에서 기타로 비틀스 곡을 연주하면, 얼마 안 있어 애들이 몰려와 연주에 맞춰 노래를 부르죠. 학교 앞마당에서 무술 수업 비슷한 것도 해요. 캡이 맡은 핼러윈 파티를 도와주겠다는 애들이 어찌나 많은지, 정작 파티에 오지도 않을 녀석들까지 나서고 있어요. 캡을 따라 명상하는 애들도 있고요. 제가 캡의 개인사를 몰랐다면, 녀석이 숭배자 집단을 만드는 건 아닌지 경찰에 조사 의뢰를 했을 겁니다."

이 말에 갑자기 갈런드에서 보낸 어린 시절의 추억이 밀려들었다. 숭배자 집단은 레인이라는 스승을 중심으로 구성된 갈런드 공동체에 딱 맞는 말이었다.

하지만 내 마음은 한결 가벼워졌다.

"마음의 짐을 던 것 같네요. 애들이 캡을 학생회장으로 뽑은 걸 알았을 때, 저는…… 소피가 그게 뭘 의미하는지 알려줬거든요."

"저도 소문 들었습니다."

교감선생님이 조심스럽게 시인했다.

"지난 학생회장들은 학생회를 운영하면서 어려움을 겪었죠. 하지만, 미국에서 유일하게 우리 중학교만 학생회가 없을 순 없잖아요. 그래서 모험을 했고, 다행히 이번엔 운이 좋았네요."

"정말 다행이에요."

캡은 여전히 물 밖으로 나온 물고기였다. 그래도 처음 우리 집에 왔을 때처럼 매번 사소한 것에 당혹스러워하지는 않았다.

첫 번째 중요한 단서로 학교에 관한 캡의 진지한 관심을 들 수 있다. 사회복지사로서 나는 구역 내에 있는 학교들의 최근 연감을 갖고 있었다. 캡은 클래버리지 중학교 연감을 빌렸을 뿐 아니라 몇 시간 동안이나 찬찬히 보기까지 했다. 친구라고는 한 명도 없던 소년, 하지만 이젠 1,100명이나 되는 애들의 이름을 알려고 애쓰는 소년을 상상해보시라. 정말 흐뭇한 일이었다.

캡과 소피의 관계 또한 조금씩 나아지고 있었다. 뭐랄까, 캡이 변해서라기보다는 소피가 변했다. 소피 아빠가 한참 지난 소피의 생일선물을 잊지 않고 보내서, 거기다 글자까지 새겨 보낸 덕분에 소피의 기분이 좋아졌다.

 사실 나는 그 선물을 다시 볼 거라곤 기대하지 않았고, 아마 소피 역시 그랬으리라. 그런데 소피가 반송 주소 없이 보호용 패드가 덧대진 소포 봉투를 열고 은팔찌를 꺼냈을 때 얼마나 놀랐던지! 카드나 휘갈긴 메모 같은 건 없었다. 유일한 말은 은팔찌에 새겨진 글씨뿐이었다.

당신에게 필요한 건 사랑입니다.

 솔직히 말하면 이 글귀를 보고 당황했다. 내가 알던 빌 도넬리의 말투가 아니었기 때문이다. 그이가 생각하는 감동이란 슈퍼볼(미국 프로미식축구 챔피언 결정전:옮긴이)에서 응원 팀이 롬바르디 트로피를 받는 것이었다. 하여튼 사람 놀라게 하는 데는 소질이 있는 사람이다. 하지만 이번엔 그이가 꽤 잘했다. 소피가 아주 좋아했으니까.
 이번 일로 소피는 자기 인생에서 아빠가 또다시 떠나버린 사실을 조금은 용서했다.
 소피는 전과 달리 더 친절하고 다정했지만, 캡이 소피한테 대하는 태도와는 비교조차 되지 않았다. 캡이 소피를 좋아하는 것 같았다. 할머니를 빼면 여자라곤 거의 본 적이 없는 애가 아닌가.
 물론 사실이라고 단정할 수는 없다. 하지만 어느 날 일을 마치고 집에 와 보니, 둘이 소파에 앉아 유치하기 짝이 없는 〈삼각법과 눈물〉을 보고 있었다. 마침 화면에서는 선정적인 애무 장면이 나왔다. 소피는 뚫어지게 그 장면을 보았다. 중요한 건 그때 캡은 소피를 보고 있었다는 거다. 표정을 읽기 어려운 아이지만, 내 생각엔 용기를 내 소피한테 팔을 두르려 하는 것 같았다.

그래서 나는 부엌 조리대에 서류가방을 쿵 내려놓으며 생각나는 대로 말했다.

"맛있는 레모네이드 마실 사람?"

"엄마!"

소피가 왈칵 짜증을 내며 소리쳤다.

"소리도 없이 몰래 들어오면 어떡해요!"

그때 훼방을 놓은 건 엄마로서 딸을 지키려는 본능적인 행동이었다. 하지만 캡이 그랬을 때 소피가 어떻게 나올지 뻔하지 않은가. 결국 실은 캡을 보호하려 한 것일 수도 있었다.

내가 갈런드에서 나와 고통스럽게 새 삶에 적응하던 때는 수십 년 전의 일이다. 하지만 이 측은한 애를 보고 있노라면 마치 어제 일만 같다. 나는 캡이 잘 해내고 있다는 교감선생님의 말을 믿는다. 하지만 레인의 엉덩이가 어서 나아, 캡과 레인이 다시 1960년대의 삶으로 절뚝절뚝 걸어 돌아갈 때까지 나는 밤잠을 설칠 것이다.

절교를 선언한 휴

난 캡의 아침 태극권 모임에서 나온 첫 번째 탈퇴자였다. 정말이다.

저주받은 몸치인데도 내가 태극권 모임에 끼게 된 건 아주 단순한 이유에서였다. 캡은 내 친구니까. 난 자랑스럽게 홀치기염색한 옷을 입었고, 다른 누구보다 내가 그럴 권리를 가졌다고 생각했다. 캡이 버스를 몰고 파티를 기획하기 전부터 캡과 어울린 사람이 누구였지?

그러던 어느 날 바보처럼 팔을 흔들고 이리저리 깡충대며 연습하던 중, 밑에서 발 하나가 나를 찼다. 너무 갑작스러워서 지금도 정확히 누구 짓인지는 모른다. 가장 유력한 용의자는 대릴 페니필드다. 가까이 있었으니까. 하지만 대릴이 그러는 걸 직접 보진 못했다.

바르게 서 있던 내가 어느 순간 풀밭을 굴렀고, 그때 내 마음속

깊은 곳에 숨어 있던 음울한 공포가 튀어나왔다. 아, 우려가 현실이 되고 마는 건가?

캡이 내 고통을 가져가서 올해는 학교 다닐 맛이 났다. 하지만 이제 캡은 더 이상 공격의 표적이 아니었다. 젠장, 공격의 표적이 아니라 유명 인사였다! 스쿨버스를 몰면서부터 그랬다. 인생을 위한 저급 리허설 무대처럼 느껴지는 이곳에서 또래 아이가 대형 버스를 운전한 건 정말 인상적인 일이 아닐 수 없었다. 더군다나 그 애는 누군가의 목숨을 구하기까지 했다. 애들은 이제 학생회장을 진짜 학생회장으로 대우했다. 찬미와 인기를 누리는 우리들의 대장으로.

정말 잘된 일이었다. 캡에게 말이다. 하지만 나는? 캡이 표적이 아니니 내가 다시 표적이 되나? 시간이 지나면 알게 되겠지.

최근에 등장한 캡의 팬 중에서는 나오미 얼랭어가 가장 뜻밖이었다. 나오미는 잭 파워 일당과 뜻을 같이했지만, 그렇다고 열렬히 그 뜻을 같이하는 건 아닌 듯했다. 어쨌거나 나오미는 그 일당의 실세이자 레나의 절친이었다. 즉, 학교에서는 특권계급이었다.

당연히 난 나오미를 잘 몰랐다. 그 일당을 잘 피해야 화장실 변기에 처박히지 않으니까. 하지만 나오미가 잭을 많이 좋아한다는 얘기는 들었다. 까놓고 말해서, 그런 소문이 계급 맨 밑바닥인 내 귀에까지 들렸다면 이미 학교 전체가 다 아는 사실이었다.

나오미는 왜 갑자기 캡한테 매료됐을까? 나오미는 태극권을 배우는 애들 중에서 가장 소질이 있었다. 나오미는 끊임없이 캡의 사물함에 나타나서 새로 산 평화의 상징 팔찌를 보여주거나 베트남, 비틀스, 아니면 1960년대를 다룬 잡지 기사를 보여줬다. 그러고 보니 홀치기염색 방송이 나갔던 날, 미술실에 제일 먼저 나타난 애 역시 나오미였다. 3학년 교실은 미술실과 정반대되는 곳에 있다. 분명 죽도록 뛰어서 그 먼 거리를 왔을 거다.

물론 나오미는 여전히 그 끔찍한 일당의 일원이었다. 그래서 나오미가 레나와 대릴을 양쪽에 끼고 우리 쪽으로 다가오는 걸 봤을 때, 난 경계 태세에 들어갔다.

"캡, 안녕."

나오미가 우리를 보고 인사했다.

나오미와 관련된 또 한 가지 사실: 나오미에게 난 투명인간이었다. 아니면 캡의 애완용 족제비, 즉 관심을 받을 가치가 없는 반려동물 같은 존재였다.

"이번 주말에 '돌봄과 걷기 행사'를 할 거야. 후원 좀 해줘."

대릴이 나를 위아래로 훑어보며 협박하는 표정을 지었다.

"정말 좋은 뜻에서 하는 거거든."

난 지갑에서 구겨진 지폐 두 장을 꺼냈다. 30층 건물에서 강아지 던지기 행사를 후원하는 데 쓴다 해도 기꺼이 냈을 거다.

난 자선기부금을 낸 게 아니었다. 똥침 보험증서를 산 것이고,

대릴은 보험회사였다.

"더 많이 못 내서 미안."

대릴은 툴툴거리며 알았다고 하더니, 내 손에서 돈을 낚아채 레나한테 건넸다.

나오미는 학생회장을 흠모의 눈빛으로 계속 바라봤다.

"캡, 넌?"

캡은 수표책을 꺼내 서명하기 시작했다.

난 얼굴을 찌푸렸다.

"캡, 그거 학교 돈 아냐?"

"교감선생님이 책임감 있게 쓰라 하셨어. 좋은 일에 기부하는 건데, 이보다 더 책임감 있는 게 어딨어?"

"원래 파티 경비로만 써야 하는 거잖아."

캡은 침착했다.

"휴, 나 은행에 가봤어. 돈이 엄청나게 많더라."

캡은 수표책에서 수표를 뜯어내 나오미한테 건넸다.

나오미가 수표를 한 번 보더니 학교 지붕이 떨어져 나가게 비명을 질렀다.

레나는 어깨 너머로 얼빠진 듯 바라봤다.

"천 달러?"

"뭐라고?"

나도 어이가 없었다.

"너 돌았어? 그렇게 많이 주면 안 돼!"
"할머니가 베풀 때는 제한 없이 베풀라고 하셨어."
캡은 침착하게 잔소리를 해댔다.
"받을 때는 다르지만."
"교감선생님이 목 졸라 죽일 사람은 너네 할머니가 아닐걸."
하지만 나오미의 비명 소리를 듣고 몰려온 애들이 흥분해서 웅성거리는 소리에 묻혔다.
레나가 나오미가 쥔 수표를 가로채서 들어 올렸다. 여기저기서 탄성이 들렸다.
"캡, 완전 멋져!"
나오미가 외쳤다.
"멋져!"
대릴도 열렬히 고개를 끄덕였다.
"너, 남자답다!"
갑자기 모든 애들이 손뼉을 치고 환호했다. 난 혀를 내둘렀다. 이 대책 없는 애들은 캡이 낸 기부금이 파티 경비인 줄 모른다.
난 소리를 지르고 싶었다. '수표를 봐! 수표 위에 학교 이름이 찍혀 있잖아! 너희와 내 돈, 아니 우리 모두의 돈이야!'
그때 난 너무 충격적인 사실을 깨달았다. 인기는 사실과 상관이 없다. 그 1천 달러짜리 수표가 어디서 났을까 잠깐이라도 생각했다면, 박수 대신 폭동이 일어났어야 했다. 중요한 건 이미지였다.

캡은 스타였고, 그래서 캡이 멋진 일을 하면 아무도 의문을 제기하지 않았다. 캡이 애들의 기대에 부응했기 때문이다.

캡처럼 평화와 고요함에 익숙한 사람은 이 과한 칭찬 세례를 견딜 수 없었다. 캡은 하이파이브 세례를 하면서 애들을 뚫고 나가 화장실로 피해버렸다.

난 캡을 쫓아가며 고민했다. 캡 덕분에 내가 행복해지고 싶었기 때문이다. 왜? 녀석이 어리석은 짓을 해서?

녀석이 유명해진 건 이상했다. 변칙적이고 터무니없었다.

"잘했다."

내가 생각해낸 말은 이거였다.

"잘했지?"

캡이 놀라며 말했다.

"많은 애들이 널 좋아할 때 얼마만큼 내가 같이 좋아할 수 있을까, 난 아직 생각도 못 해봤는데……."

순간 캡한테 맞은 것처럼 움찔했다. 난 누군가 나를 좋아한다는 느낌을 경험해본 적이 없다. 아마 앞으로도 그럴지 모른다. 그런데 나랑 같은 처지의 녀석, 아니 나보다 더한 외부인이 내 앞에서 그런 말을 지껄이다니, 정말 치욕스러웠다.

녀석이 히피 공동체, 아니 외계에서 살다 와서 아무리 뭘 모른다 해도 이건 정말 아니다. 나한테 이렇게 말하는 건 잔인하다. 내겐 인기 있던 시절, 아니 인기 있던 순간조차 없었다. 정말 기분

나쁜 순간이었다.

그때 문이 쾅 하고 열리더니, 핑크빛 얼굴을 한 나오미가 남학생 화장실로 불쑥 들어왔다.

나오미는 캡을 와락 안고 키스를 했다.

너무 놀란 캡은 나오미가 놔주자 화장실 칸막이 문으로 쓰러졌다.

"다음에 계속."

나오미는 의미심장한 말을 남기고 밖으로 달려 나갔다.

난 간신히 실눈을 뜨고 있는 녀석의 눈을 쏘아봤다. 녀석은 영웅 자리만 차지한 게 아니었다. 이제 애인까지 꿰찼다.

난 캐프리콘 앤더슨과 절교했다.

무너지는 잭

 어젯밤 과학자들이 나와서 세상이 멸망할 때 어떤 징후가 있을까를 두고 토론하는 프로그램을 봤다. 과학자들은 소행성 충돌, 화산 폭발, 만년설이 녹아내리는 걸 예로 들었다.
 멍청한 인간들 같으니라구.
 캡이 평균 C 중학교에서 가장 인기 많고 가장 근사한 애가 되는 때가 바로 세상이 멸망하는 때란 말이다!
 모두 다 제기랄, 그 파티 때문이다. 파티의 '파'자도 모르는 히피 녀석이 어떻게 모두의 꿈인 핼러윈 파티를 기획할 수 있었을까?
 "네가 실수한 거야."
 레나는 나를 탓했다.
 "네가 학교 애들을 동원해서 캡을 괴롭히라고 시켰잖아. 그런데 캡은 그 애들을 파티 지원군으로 만들어버렸고."
 레나 말이 맞다. 나만 빼고 모두가 핼러윈 파티를 도왔다. 심지어 냉혈한 애들까지도. 대릴은 장식을 담당한 애들을 위해 색 판지 두루마리를 낑낑거리며 미술실로 날랐다. 나오미는 농구대에 걸어놓으려고 빛을 반사하는 모빌을 디자인했다. 레나는 주황색과 검은색의 행사 깃발들을 관람석에 설치하는 일을 맡았다. 전교생이 만들어 연결해놓으니 싸구려 종이로 엮은 체인조차 멋져 보였다.

"우리 학교 역사상 가장 멋진 파티가 될 것 같아!" 나오미가 흥분하며 말했다. "천 명은 올 거라고 장담해."

"기획한 애가 천 명인데 뭘."

난 아니꼬워 미칠 지경이었다.

"그게 뭐 어때서?"

"잭이 한 말 신경 쓰지 마." 레나가 말했다. "캡이 자기 해를 빼앗아 갔다고 생각해서 슬퍼하고 있잖아."

"우리의 해야." 난 즉시 바로잡았다. "녀석이 우리의 해를 1967년으로 만들고 있어!"

"캡한테 너무 못되게 굴지 마." 대릴이 말했다. "그래, 캡이 이상하긴 해. 근데 지금까지 봤던 학생회장 중에 제일 근사하지 않냐?"

"학생회장은 진짜 직책이 아니야."

난 분노로 속이 부글거렸다.

"놀리려고 한 거잖아. 기억 안 나?"

"처음엔 그랬을지 몰라." 나오미가 진지하게 말했다. "하지만 캡 앤더슨은 내가 본 사람 중에 제일 놀라워."

난 콧방귀를 뀌었다.

"천 달러 수표를 기부하면 다 놀라운 사람 되겠네."

참, 내가 그걸 잊고 있었다. 이 모든 자선금은 대체 어디서 나온 거지? 캡은 식당에서 음식 나누기 행사에 800달러를 기부했다. 암 연구를 위해선 500달러를 기부했다. 같은 액수를 알츠하이머 연구를 위해 기부했다. 소아마비 구제 모금 운동엔 650달러를 기부했다. 캡은 심지어 잔돈을 기부하라고 마련된 깡통 구멍에도 수표를 끼워 넣었다.

어쩌면 카시기 교감선생님이 배후에 있는지 모른다. 선생님 허락 없이 학교 돈을 그렇게 척척 내놓을 순 없다. 어쩌면 박애주의를 가르치려는 것일 수도 있다. 난 괴로웠다. 우리 학교 전통에 따르면 학생회장은 바보짓을 하고 신경쇠약에 걸려야 하는 게 정상이다. 아, 그런데 교감선생님이 캡을 성인군자로 만들어놨다!

교감선생님이 무슨 생각을 하든(만약 무슨 생각을 하는 거라면), 대가를 치르는 사람은 나였다. 난 점점 친구들과 말다툼을 많이 했는데, 다 캡 때문이었다.

나의 해. 아, 맞다. 나의 순간이 더 맞는 말이겠다.

화요일 점심시간, 식판을 들고 줄을 빠져나왔을 때, 캡 앤더슨이 '내' 테이블, '내' 의자에 앉아 있는 걸 본 기분이 어땠는지 아는

가? 식당은 아주 크지만 저 자리에 오르려고 난 1학년 첫날부터 노력했다. 당시 난 식당을 둘러보다가 저 자리가 이 학교 짱과 그 일당이 참치샌드위치를 먹는 자리라는 걸 단박에 알았다. 창가 쪽과 가깝지만 햇살이 밝게 비추는 날엔 너무 뜨겁지 않을 만큼 떨어진 자리였다.

유리창을 통과한 빛줄기가 캡(내가 아니라!)의 덥수룩한 머리털 위를 비추고 있었다.

난 대릴을 봤다. 겁쟁이 같은 녀석은 내 눈을 보지도 못하고, 문 위에 붙은 출구 표지만 뚫어지게 바라봤다. 어쩌면 나더러 가라는 메시지일지도 모르겠다. 나오미는 온통 캡에게만 정신을 집중했다. 나오미에겐 캡 말고 아무도 보이지 않는 듯했다. 레나만 뻔뻔스레 나를 쳐다봤다. 자기 옆에 와서 앉는 것조차 반기지 않는다는 표정이었다.

난 화가 나서 씩씩대며 돌아섰다.

"와장창!"

식판과 식판이 부딪쳤다. 내 콩수프가 녀석의 달걀샌드위치로 철퍼덕 튀었고, 녀석의 감자튀김이 내 바나나 크림파이로 날아들었다. 녀석의 주스 잔이 기울어지더니 내 신발로 쏟아졌다.

주스가 양말로 스며들 때, 난 그 멍청이 같은 녀석을 바라봤다. 그때 내가 정말 마주치고 싶지 않았던 녀석이었다.

휴 윙클맨.

휴는 공포로 얼어붙은 채 서 있었다. 아마 뇌세포를 총동원해 자기가 얼마나 무시무시한 똥침을 예약한 걸까 계산하는 중인지도 몰랐다. 당장 휴의 허리 고무줄에 발사 추진 장치를 끼워서 지구 밖으로 발사해버리고 싶었다.

"너!"

그러고 나서 휴의 표정을 보니 꼭 거울을 보는 듯했다. 휴는 자기를 상대해줄 겨를이 없는 히피 친구를 바라봤다. 그리고 나는 마찬가지인 내 친구들을 바라봤다.

어떤 면에서 보면, 지금껏 일어난 일 중 가장 우울한 일이었다. 나 잭 파워가 저 낙오자랑 같은 신세가 되다니.

"어…… 미안."

휴가 안절부절못하며 말했다.

이상한 감정이 밀려들었다. 히피 우주선이 착륙해 캡 녀석을 토해내기 전, 이 학교를 대표하던 녀석은 휴였다. 그때는 모든 게 이치대로 흘러갔다. 휴는 애초 학생회장이 되려던 참이었다. 젠장, 내가 캡을 24시간만 늦게 만났다면 아마 그리 됐겠지. 그랬다면 난 나의 해를 여전히 구가했을 테고, 캡은 존재감 없는 그저 불쾌한 녀석에 지나지 않았을 텐데.

"걱정 마."

난 휴한테 말했다.

"이봐, 얘기 좀 하자."

휴가 진짜냐고 묻는 듯한 표정을 짓자, 유치원 때부터 녀석한테 못되게 말하고 행동한 것에 죄책감이 들었다. 휴와 알고 지내는 동안, 얼음물 가득한 양동이를 매달아놓은 문으로 유인하려고 말을 건넸을 때 빼고는 녀석과 얘기해본 적이 없었다. 그러니 녀석이 믿기지 않아 하는 건 당연했다.

"캡 앤더슨이랑, 여태껏 일어난 일들에 관해서 말이야."

휴가 눈을 크게 뜨고 캡과 테이블에 앉아 있는 다른 애들을 봤다. 그러더니 나를 보고 비웃었다.

"오-호-호! 딴 사람이랑 착각하는 거 아냐?"

난 자존심을 꾹 눌러 삼켰다.

"캡은 이제 너랑 같이 안 다닐걸?"

"아무도 캡을 상대하지 않았을 때도 난 캡 친구였어."

휴는 억울해하며 말했다.

"너네 패거리가 캡의 인생을 망치려 했을 때도 그랬고."

"음, 우리가 뭘 계획했건 간에 일은 계획대로 되지 않았어. 이제 캡은 학교 짱이나 마찬가지고."

휴는 천천히 고개를 끄덕였다.

"나도 그건 맘에 안 들어."

"일이 이런 식으로 되면 안 되잖아."

난 계속 내 생각을 밀어붙였다.

그런데 뜻밖에도 휴가 불같이 화를 냈다.

"멍청한 자식! 네 맘대로 세상을 쥐락펴락할 수 있다고 누가 그래? 모든 게 엉망진창이 된 것도 다 네가 불쌍한 캡을 네 장단에 맞춰 맘대로 조종하려 하면서 시작된 거잖아!"

"우리가 캡을 학생회장으로 지목했을 때, 너도 그게 어떤 건지 캡한테 말해주지 않았잖아."

난 사납게 비아냥거렸다.

"내가 지목되지 않아 기뻐서 그랬어."

난 휴의 말을 물고 늘어졌다.

"아, 그래서 캡이 미끼를 물게 놔둔 거로군! 지금 누가 누구한테 뭐라고 하냐? 너도 똑같아, 멍청아."

"그럴지도 모르지. 하지만 난 멍청하지 않아. 애초 계획이 어그러지니까 이제 상대를 바꾸게?"

"그런 거 아니거든. 야, 캡은 회장이야. 이젠 어쩔 수 없다구. 하지만 타이어에 펑크 내서 지금 굴러가는 모든 일을 멈추게 할 순 있어. 핼러윈 파티로 캡이 우상이 되기 전에 말이야."

"무슨 말이야! 내가 캡한테 화가 난 건 사실이지만, 캡을 배신하겠다는 말은 아니야!"

그때 '내' 테이블에서 나오미가 캡의 입가에 묻은 케첩 얼룩을 조심스레 닦아주는 게 보였다. 토 나올 뻔했다.

"저런 꼴을 볼 거냐?"

그걸 본 휴의 얼굴 역시 역겹다는 듯 일그러졌다.

"다음에 계속."

"그게 무슨 말이야?"

"아무것도 아냐."

휴는 내 눈을 마주치지 못한 채 중얼거렸다.

"내가 뭘 하면 되지?"

난 어깨를 으쓱거렸다.

"간단해. 전교생이 캡을 신처럼 생각하고 있어. 우린 애들이 틀렸다는 걸 보여줘야 해."

덫에 걸린 캡

 몇 명까지 이름을 외우다 멈췄는지 기억이 나지 않는다. 300명쯤 됐던 것 같다.
 학교연감 덕택에 많은 진전이 있었다. 작은 흑백사진들을 보다 보면, 내가 학교에서 봤던 누군가의 모습이 갑자기 떠오르면서 휘리릭 이름을 또 하나 외우게 됐다.
 뭐랄까, 1학년 애들부터는 이름을 외우는 데 속도가 나지 않았다. 평균 C 중학교 연감에 1학년 애들이 없었기 때문이다. 하지만 도넬리 아줌마에겐 초등학교 연감도 있었다. 초등학교 연감의 졸업반 면에 이 애들이 있었다.
 할머니가 나를 자랑스럽게 여길 거라고 생각하니 기분이 좋았다. 1970년대 초반 갈런드 농장에 잠깐 들른 대학교수에게서 할머니가 배운 암기법이 있는데, 내가 그 방법을 썼으니까. 간단하다. 이름과 그 사람이 지닌 무언가의 연관성을 찾으면 된다.

예를 들면, 모니크란 여자애 이름은 스트리크(streak. 부분염색:옮긴이)란 말과 각운이 맞는데, 이 여자애는 전체적으로 검은 머리에 금발 부분염색을 했다. 또 대릴은 몸집이 커다란 통(barrel) 모양이다. 하지만 가끔은 창의성을 발휘할 필요가 있었다. 2학년 론은 게 모양의 점이 있어서, 난 '게성운(Crab Nebula)'을 생각해냈다. 그리고 천문학은 'astRONomy'.

좀 어렵게 들릴지도 모른다. 하지만 이런 식으로 계속 생각하다 보면, 나중엔 자동으로 외울 수 있다.

한 사람만 알고 자란 아이가 갑자기 수백 명을 알아야 하는 건 좀 겁나는 일이다. 하지만 멋진 일이기도 하다.

소피는 내가 틈날 때마다 오래된 연감을 들여다보고 있자 이렇게 말했다.

"따분하게 좀 살지 마라."

소피가 한 말 중에 가장 이해할 수 없는 말이었다. 내가 이렇게 생기 넘치는데, 어떻게 더 재미있게 살라는 거지?

같은 집에 살면서도 소피와 마주치는 시간이 점점 줄었다. 일주일 후면 운전면허 시험이라 소피는 엄마랑 연습할 기회가 생기면 무조건 거르지 않았다. 또 〈삼각법과 눈물〉 재방영 시즌이라 이미 본 내용이 계속 나왔기 때문에, 소피는 나랑 같이 텔레비전을 보지 않았다.

난 재방영이 정말 멋진 일이라고 생각했다. 첫 번째 봤을 때 놓친 것들을 볼 좋은 기회였다.

소피는 어이없다는 듯 눈알을 굴렸다.

"2주 전에 봤잖아. 라숀다가 가정 과목을 낙제했고, 몰래 만나던 남자 대학생한테 트로이의 학교 점퍼를 빌려줬던 게 걸렸잖아."

그렇지만 요즘 소피는 기분이 꽤 좋았다. 운전면허 시험 때문에 들떴고, 팔찌 때문에 행복해했다. 난 소피를 행복하게 해줄 수 있다는 사실에 신이 났다.

학생회장이 돼서 가장 좋은 건 카시기 교감선생님이 주신 수표였다. 할머니가 세상을 버리고 갈런드 공동체를 세운 게 돈에 굶주린 세상 때문이었지만, 내가 막상 경험해보니 돈은 참 재미있고 멋진 것이었다. 돈을 쓸 때마다 누군가를 웃게 할 수 있으니 말이다.

다음번에 할머니랑 통화할 때 이 점을 말해야겠다고 생각했다. 난 돈으로 병원, 재난을 당한 피해자, 굶주리는 고아를 도왔다. 얼마나 끔찍한 일을 당한 사람들인가? 카시기 교감선생님의 수표 덕에 도움을 줄 수 있었다. 모든 게 '옳다고 생각하는 것을 믿어라'라고 했던 할머니의 가르침 덕분이었다.

다음주에 카시기 교감선생님이 교장단 회의를 마치고 돌아오신다. 얼마나 돈을 잘 썼는지 보여드리고 싶어서 그때까지 기다리기 어려울 지경이다. 수표가 더 필요하기도 하고. 처음으로 받은 뭉치가 거의 바닥나고 있었다.

교감선생님은 감명을 받으실 게 분명하다.

수요일에 두 시간짜리 수업이 취소되고 전교생이 미식축구장으로 나가게 됐다.

휴가 설명했다.

"사기 진작 응원전이야."

"사기 진작?"

"그 있잖아, 응원가를 외치고, 신나게 만세, 만세, 만만세 하는 거. 전교생이 모두 모여 선수들이 헬멧을 서로 부딪치고 가슴을 치고 뭐 그렇게 하는 걸 보는 거야."

"그걸 두 시간이나 해?"

학교 문화에 점점 익숙해졌지만, 이건 도통 와닿지 않았다.

"선수들이랑 다른 사람들이 나왔다 들어가고 하는 데 시간을 많이 잡아먹어. 하지만 정말 격렬한 시간이 될 거야. 토요일에 라인클리프랑 붙을 건데, 라인클리프는 우리 학교의 강적이야."

"뭐에서 강적인데?"

"당연히 미식축구지. 학생회장인 네 역할이 중요해."

할머니와 난 이기고 지는 데 집착하는 스포츠팬이 아니다. 하지만 나를 기쁘게 맞아준 모두를 실망시킬 순 없었다.

11시 50분, 난 휴를 따라 건물에서 나와 경기장으로 향하는 학생들의 대규모 행렬에 끼어들었다. 엄청 시끄러웠다. 나팔과 카우벨 소리에 더해 구호를 외치는 신나는 목소리까지. 대체 뭐 때문에 이러는지 확실히 알 수 없었지만, 그 분위기에 휩쓸리지 않을 수 없었다.

경기장에 도착해 관람석에 앉자 난 휴한테 물었다.

"여기서 내 역할이 뭐야?"

휴는 '탈의실'이란 표시가 있는 막사로 나를 데려갔다. 우리는 '방문객'이라 쓰인 문을 지났다.

휴는 벽에 걸린 커다란 보호장비 한 세트를 빼서 내 어깨에 놓았다.

"네가 우리 팀이랑 같이 설 거야."

난 불안했다.

"미식축구 하는 법 몰라."

"걱정 마. 경기 하는 게 아니야. 그냥 우리 팀을 응원하는 걸 보여주는 거야."

그때 스피커에서 지지직 소리가 났다.

"교직원 여러분, 그리고 학생 여러분, 큰 박수로 클래버리지 콘도르스를 맞아주십시오!"

바깥에서 함성과 함께 발소리가 우르르 났다. 철제 관람석 위에서 수천 개의 발이 쿵쿵대는 소리로 귀청이 터질 듯했다. 밴드 연주가 있었지만, 학생들이 질러대는 소리 때문에 연주가 묻혀 거의 들리지 않았다.

"내가 늦었어?"

난 왠지 모르게 초조해졌다.

"아니, 제때 들어가는 거야."

휴는 나한테 노란색 미식축구 유니폼을 입혀주고, 머리에 노란색 헬멧을 씌워주었다.

"헬멧이 더 커야겠어."

"아니, 머리를 자르는 게 어때?"

헬멧 마스크 부분이 내려와서 내 시야를 가렸다. 마치 철제 울타리 너머로 밖을 내다보는 느낌이었다.

"근데 이거 정말 해야 해?"

"물론이지."

아주 잠깐, 뭐랄까, 휴가 슬퍼 보인다는 생각이 들었다. 좀 염려스러웠다.

"괜찮아?"

"뭐 내가 언제 괜찮은 적 있었냐?"

휴는 투덜거렸다.

"이제 밖으로 나가서 학교를 자랑스럽게 해줘."

그러곤 터널을 지나 경기장으로 이어지는 문을 가리켰다.

관중의 소리가 커지더니 귀가 먹을 정도로 절정에 달했다. 응원 소리가 얼마나 친근하게 들리는지는 여러분도 잘 알 거다. 하지만 이번엔 달랐다. 성난 소리 같았다. 아니, 심지어 비열한 느낌마저 드는 소리였다. 난 관람석을 훑어봤다. 적대감 가득한 표정의 관중이 나를 바라보고 있었다. 하지만 내가 여기 온 건 우리 팀을 응원하기 위해서였다. 알 수 없는 일이었다.

내가 선수들을 향해 걷기 시작했을 때, 선수들 역시 나를 향해 달려오기 시작했다. 선수들이 몰려와 정통으로 나를 덮치자 땅이 흔들리는 듯했다.

그제야 나는 놀랄 만한 사실을 발견했다. 선수들도 나처럼 미식축구 유니폼을 입고 있었지만, 그들의 티셔츠 색은 파란색과 빨간색이었다. 내 것처럼 노란색이 아니었다. 내 가슴께를 내려다보니 위아래가 뒤집어진 단어가 보였다.

라인클리프.

왜 내가 상대 팀 유니폼을 입고 있는 거지?

죄책감에 빠진 대릴

라인클리프 중학교와의 경기는 늘 애교심을 한껏 끌어올려 최고조로 만드는데, 응원전을 보면 바로 알 수 있다. 라인클리프 레이더스 유니폼을 입은 그 녀석이 잔디밭으로 걸어 들어왔을 때, 전교생이 모두 미쳐 날뛰었다. 물론 우리는 경기장으로 들어온 라인클리프 선수가 진짜가 아니라는 걸 알았다. 하지만 선수 모두 다음에 어떤 행동을 해야 할지 더 잘 알았다.

잭이 "저놈 잡아!" 하고 외쳤을 때, 우리는 적을 향해 돌격할 만반의 준비가 돼 있었다.

클래버리지 콘도르스에서 내가 가장 빠른 선수는 아니었다. 하지만 최고로 태클을 잘 걸었고, 그래서 내가 제일 먼저 저 녀석을 덮쳐야겠다고 마음먹었다.

난 관중의 함성을 추진 동력으로 삼아 우리 팀 다른 선수들을 제치고 나아갔다. 맹세컨대 난 선수단 전체에 구경거리를 선사할이 용감한 녀석이 누군지 전혀 궁금하지 않았다. 엄청 맷집이 좋은 녀석일 거라고 생각했을 뿐.

그런데 맞닥뜨린 순간, 뭔가 크게 잘못됐다는 걸 깨달았다. 마치 허수아비한테 태클을 거는 것 같았다. 내가 느낀 최악의 기분이었다.

난 소리치며 선수들을 저지하려 했다.

"멈춰!"

하지만 너무 늦었다. 선수들은 이미 공중에 있었고 유도 미사일처럼 녀석한테 날아들었다. 짓밟아 누르던 장면은 차마 설명 못하겠다. 바닥 쪽에 있었으므로 나 역시 유쾌하지 않긴 마찬가지였다. 그러니 미식축구 경기장에 발을 들여놓기엔 너무 깡마른 녀석은 오죽했을까 하고 짐작만 할 뿐이다. 폭발, 지진 같은 느낌?

코치들이 불쑥 나타나서 얽히고설킨 팔다리를 풀고 몸을 잡아당겨 옆으로 제쳐냈다. 풀라스키 코치의 우렁찬 고함이 들렸다.

"무슨 일이야? 뭐 때문이야?"

난 벌떡 일어나 코치를 바라봤다.

"잠깐만요. 이거 미리 계획된 일 아닌가요?"

코치는 아무 말이 없었다. 라인클리프 티셔츠를 입은 녀석의 헬멧을 벗겨내느라 바빴기 때문이다.

엄청난 양의 머리카락이 잔디밭으로 쏟아졌다. 소리 지르며 응원하던 1,100명의 관중은 잔디 위에서 웅크린 몸을 펴는 학생회장의 모습을 보자 갑자기 조용해졌다.

난 그 옆에 무릎을 꿇고 퍽 주저앉았다.

"캡, 괜찮아?"

캡은 팔을 뻗어 보호마스크 안으로 들어온 흙덩어리를 털어냈다. 뭔가 말하기 시작했지만, 저음으로 웅얼거리는 소리만 들렸다.

풀라스키 코치와 다른 코치가 양쪽에서 캡을 부축하고 학교 건물을 향해 걷기 시작했다.

경기장을 떠나기 전, 풀라스키 코치가 선수들을 향해 돌아섰다.

"다들 꼼짝 말고 있어. 숨도 쉬지 마. 내 말 알아듣겠나?"

그러곤 서둘러 캡을 데리고 갔다. 캡은 간간이 발을 내디뎠지만, 코치들이 부축하지 않으면 그대로 바닥에 쓰러지고 말 것 같았다.

그렇게나 시끄럽게 떠들던 학생들은 관람석에서 질서 있게 줄지어 나와 장례 행렬의 조객처럼 캡과 코치들 뒤를 따라갔다. 캡의 부상으로 모두들 순식간에 활기를 잃고 말았다.

난 다른 선수의 얼굴들을 번갈아봤다.

"무슨 일이지? 왜 캡이 저 셔츠를 입고 있었을까?"

"캡이 스스로 자원한 거 아닐까?"

"뭣 때문에 자원해? 응원전엔 그런 계획이 없었잖아. 코치들도 모르던데."

"어쩌면 캡이 모든 걸 스스로 계획했을지도 모르지." 잭이 말했다. "걔, 괴상한 짓 많이 하잖아. 너희도 잘 알잖아?"

그래, 이 정도면 충분히 이해할 만했다.

예전에 난 늘 믿었다, 잭 파워의 말이라면. 잭은 내가 생각하는 것만큼 내가 그리 멍청하지 않다는 걸 이해하게 해준 애였다. 잭을 만나기 전, 내게 학교는 말 그대로 고문이었다. 잘 못하는 모든 것을 배워야 하고, 또 그걸 중요하게 여기도록 짜인 곳에서 1년 중 180일을 보내야 한다고 생각해보시길! 잭은 나를 위해 이 모든 규칙을 다시 썼다. 학교는 배우고, 알고, 정답을 얻는 것과 아무 상관이 없었다. 운동을 잘하면 바라던 여학생들과 어울리며 재미나게 지낼 수 있었다. 그런 탓에 학교의 중심은 운동, 여학생, 재미, 인기였다.

그런데 잭은 요즘 캡 이야기만 나오면 매우 이상해졌다. 그러니 어떻게 잭이 말하는 걸 곧이곧대로 믿을 수 있겠나? 이 사고에는 앞뒤가 맞지 않는 무언가가 있었다.

난 풀라스키 코치가 얼굴에 검은 먹구름을 드리운 채 우리에게 한 말을 곱씹어 생각해봤다.

"미식축구 기본기 말고 내가 너희한테 가르친 게 한 가지 있다면, 그건 바로 뭔가를 하기 전에 생각 좀 하라는 거였다. 대체 너희는 무슨 생각을 한 게냐?"

"코치님, 정말이에요."

리시버(패스를 잡는 선수:옮긴이)가 말했다.

"캡인 줄 몰랐어요."

풀라스키 코치의 눈이 둥그레졌다.

"하지만 그게 사람이라는 건 알았잖아! 선수 스무 명이 태클용 마네킹 덮치듯 사람 한 명을 덮치면 괜찮을 거라 생각했나?"

"캡은 괜찮을까요?"

난 조그만 소리로 물었다.

"아마 그럴 거다. 네 덕분은 아니지만. 대릴, 난 네가 그렇게 괴성을 지르며 달리는 걸 본 적이 없다! 너한테, 아니 너희 모두에게 물어봐야겠다. 누가 캡이 무모하게 몸을 내던지도록 시켰지?"

난 내 스파이크 운동화를 뚫어지게 봤고, 다른 선수들도 자기 운동화를 뚫어지게 봤다.

"어서."

코치가 재촉했다.

"누군가는 이 일을 알고 있는 게 분명해."

또다시 쥐죽은 듯한 침묵.

"좋다. 말하지 마라. 하지만 이게 끝이 아니다. 교감선생님이 돌아오시면, 너희한테 같은 질문을, 아니, 더 많은 질문을 하실 거다. 너희 모두에게 넌더리가 난다."

우리는 옷을 갈아입고 교실로 돌아갔지만, 응원전 사건을 떨쳐 낼 수가 없었다. 무슨 일이 일어났는지 전교생이 똑똑히 봤지만,

일이 일어났다는 것 자체 말고는 딱히 말할 게 없었다. 대체 뭐가 잘못됐을까? 선수들은 뭘 알았고, 그 무엇을 언제 알았을까? 캡은 괜찮을까?

매 순간 추측은 더 커져갔다. 캡이 스쿨버스로 선수들에게 돌진해 복수하려 할지 모른다는 소문까지 나돌았다.

"왜들 그래!" 난 격분했다. "복수 같은 건 없어! 그건 사고였어!"

나오미는 화를 내는 것 이상이었다.

"맞아, 선수 스무 명이 사고로 캡을 덮쳤지?"

"그래, 그건 고의적이었어. 하지만 캡인 줄 알고 작정하고 그런 건 아니야. 아니, 누구에게도 작정하고 덤비려던 건 아니었어. 그건 라인클리프 티셔츠를 입고 나타난 것처럼 쇼였다구."

"대단한 쇼네." 나오미가 톡 쐈다. "캡은 미식축구를 해본 적이 없어. 자칫 병원에 실려 갈 수도 있었단 말이야!"

"진정해." 레나가 달랬다. "캡은 병원에 가지 않았어. 소문에 의하면 캡은 아직 학교에 있고, 오후에 수업에도 들어갈 거래. 조금 절뚝거리는데, 많이 다친 건 아니래."

레나가 '소문에 의하면'이란 말을 쓰면, 정말 믿을 만한 사실이었다. 레나에겐 비밀 정보원 네트워크가 있는 듯했다.

난 안도의 한숨을 크게 내쉬었다. 어쨌든 캡을 맨 처음 친 건 나였다. 수치심에 갑자기 눈물이 났다.

레나가 내 얼굴에 손가락을 갖다 댔다.

"네 잘못이 아니야. 윙클맨 짓이지."

난 어안이 벙벙했다.

"휴 윙클맨?"

"그 사건을 보고 탈의실에서 소리 지르며 나오는 휴를 잭이 봤대."

우리 중 휴한테 호감을 가진 애는 아무도 없었다. 하지만 휴가 캡을 다치게 하려 했다니 믿을 수 없었다. 캡은 휴의 친구가 아닌가. 또 그 쪼다한테 파리 한 마리 해칠 만한 용기가 없다는 건 누구나 다 안다. 만약 누군가가 뒤에서 조종한 거라면 몰라도.

어제 점심때 본 광경 중 뇌리에서 떠나질 않는 게 있었다. 구석 테이블에서 휴가 몸을 숙인 채 잭과 심각하게 얘기를 나누었다. 마치 뭔가를 모의하는 것처럼 보였다. 서로 앙숙인데 말이다.

잭은 클래버리지 콘도르스의 주장이다. 잭은 응원전을 잘 안다. 탈의실이며, 라인클리프와의 오랜 앙숙 관계 역시 잘 안다. 그리고 캡을 향한 잭의 원한은 점점 커지는 중이었다…….

지금 생각하면, 그때 내 모습이 분노를 주체할 수 없어 셔츠를 찢는 녹색 괴물 헐크처럼 보였을지 모른다. 내가 너무 추앙하고 닮고 싶던, 내 절친이…….

"대릴, 왜 그래?"

레나가 놀라서 물었다.

난 아무 말 없이 바로 복도를 달려 내려가 잭의 사물함으로 갔다. 내가 얼마나 자주 그곳에 가서 잭의 조수 노릇, 예스맨 노릇 하며 또 뭘 알아다 줄까 하고 물었던가?

만약 잭이 이 사건과 관련 있다고 내가 의심하면, 나를 보는 잭의 표정이 그 답을 해줄 거다.

"너! 네가 그랬지? 네가 직접 안 하고! 미식축구팀 전체를 무기로 썼어!"

잭은 모르는 척했다.

"뭐라고 주절대는 거냐? 난 아무것도 안 했어. 휴 짓이야. 못 들었어? 모두가 다 알아."

"누가 휴를 꼬드겼는데?"

난 고함을 쳤다.

"너란 거 알아! 너희 둘이 식당에서 뭔가 계획하는 걸 봤어!"

"그건 네 착각이야!"

딱 평소의 잭이었다. 내겐 한 번도 그런 적이 없었지만, 다른 애들한테 즐겨 하는 비꼬는 말투, 상대를 깔아뭉개는 말투.

"캡을 친 게 너라서 죄책감을 느끼는 거겠지!"

"우리 모두 쳤어!"

"하지만 맨 처음 친 게 누구였더라? 넌 내 목까지 부러뜨릴 뻔했어. 많은 선수들 틈에서 가장 먼저 네 헬멧을 꽂아 박는 기쁨을 맛본 건 부인 못 하겠지?"

잭의 말이 모두 맞아서 더 미칠 것 같았다. 너무 화가 나서 캡이 구경꾼 틈에서 우리를 지켜본다는 것조차 몰랐다.
잭은 거기서 끝나지 않았다.
"대릴, 솔직히 나 감동받았다. 그 육중한 엉덩이로 그런 속도를 낼 거라곤 생각 못 했거든."
한순간 감정이 무너졌다. 완전히. 잭은 나보다 영리하고, 내 입으로 잭과 말다툼해선 이길 것 같지 않았다. 주먹으로 제압할 때였다.
솔직히…… 캡이 거기 있는 줄 정말 몰랐다. "폭력은 해결책이 될 수 없어"라는 목소리도 듣지 못했다.
시야에서 이글거림이 걷히고, 내가 처음 본 사람은 멀쩡하게 날 비웃고 있는 잭이었다. 내 발밑에는 기절한 캡이 간헐 온천처럼 코피를 콸콸 흘리고 있었다.
"두 번은 안 돼! 안 된다고!"
난 공포에 질려 울먹이며 말했다.
복도는 웅성대는 소리로 술렁였다. 학생회장이 또 기절했다는 소식은 삽시간에 퍼졌다.
잭은 거의 이성을 잃었다.
"네가 애를 때려눕힌 게 오늘 두 번째야. 넌 관계를 이런 식으로 맺는구나? 좀만 더 가까이 가면 사람 죽이겠다!"
내가 벌여놓은 실제 상황 때문에 잭의 저 나불거리는 입을 막아버리고 싶은 욕망을 참았다. 난 캡을 바닥에서 끌어냈다.

"좀 도와줘!"

바라보는 애들을 향해 소리쳤다.

1학년생 두 명이 급히 달려와 다른 쪽에서 캡을 부축했다. 우리는 멍청히 바라만 보는 애들을 뚫고 캡을 끌고 갔다.

가는 도중 캡이 평화니 비폭력이니 하며 중얼거리는 소리가 들렸다. 의식이 돌아온 모양이었다. 아직도 코에서 쏟아지는 피 때문에 캡이 숨을 쉴 때마다 분홍빛 방울이 생겼다.

난 너무 당황해서, 마이어슨 양호선생님이 무슨 일이냐고 물었을 때 거짓말할 생각조차 못 했다.

"너희 둘 싸웠니?"

양호선생님이 물었다.

"캡이랑 싸운 게 아녜요! 다른 애를 때리려 했는데, 캡 얼굴이 중간에 나타난 거예요! 다 비폭력 때문이에요!"

"알았다."

양호선생님은 냉정하게 말했다. 그러곤 교장실에 가서 기다리라고 했다.

난 마지막 교시까지 교장실에 앉아 기다렸다. 무슨 일이 일어났건, 분명 내가 한 일이었다.

다른 애들 역시 그렇게 생각하는 것 같았다. 밖이 다 보이는 유리벽 안에 앉아 있으며 무수한 책망의 눈빛을 받았기 때문이다.

공개적으로 모습을 드러낸 죄인. 캡을 때려눕히고, 그 이전에는 태클까지 걸었던 놈.

최악은 내가 지금 캡을 좋아한다는 사실이었다. 물론 그전에는 무진장 싫어했다. 하지만 그때는 장난으로 캡을 회장으로 만들고, 가짜 기자회견장을 찾아 헤매게 하고, 명상하는 캡 몰래 신발을 훔치던 때였다. 잭이 모든 상황을 좌지우지하던 때였다. 캡의 히피 머리가 탐나는 표적이라는 이유만으로 종이공을 맞혀댄 우리는 정말 진상 중에 진상이었다.

하지만 우리가 무엇을 던지건 간에 캡은 멈추지도, 일러바치지도, 미쳐 날뛰지도 않았다. 몇 주 동안 공공의 표적으로 시달리면서도 캡은 묵묵히 견뎠다. 그때 비로소 난 캡을 우러러보기 시작했다. 캡이 스쿨버스를 몰고 파티 계획을 짜는 것과는 상관없었다. 캡 앤더슨은 '정말 괜찮은' 녀석이었다.

그전에는 미처 알지 못했다. 지금은 안다. 그런데 내가 그런 캡을 다치게 했다.

종이 울렸지만, 양호선생님은 여전히 오지 않았다. 하루를 마치고 가방을 싸는 애들로 복도가 북적였다. 노란 스쿨버스들이 정문을 지나 원형 진입로로 들어왔다. 그리고 세 번째, 네 번째 버스 사이에······

구급차가 있었다.

아니야, 그럴 리 없어. 캡 때문에 온 게 아니야. 사이렌 소리도 울리지 않았다. 구급차는 일렬로 들어오는 버스들 사이에서 천천히 달리고 있었다. 그런데 스쿨버스 사이에 웬 구급차?

3미터 앞에서 답이 보였다. 피로 얼룩진 깡마른 캡을 부축하며 양호선생님이 현관문으로 나왔다. 모여 있던 애들이 비켜섰다. 바깥에서 버스를 타려고 기다리던 애들이 응급차 바로 뒤까지 통로를 만들었다.

내가 지금 처한 곤란한 상황은 중요하지 않았다. 난 교장실을 빠져나와 현관문을 박차고 나갔다.

이상한 광경이었다. 모두가 캡을 보고 있었지만, 아무도 말이 없었다. 우는 소리나 귓속말도 없었다. 공회전하는 엔진 소리와 깃대에서 휘날리는 깃발 소리만 들릴 뿐이었다.

난 두 손을 입에 갖다 대고 외쳤다.

"캡, 미안해! 사고였어! 두 번 다 말이야!"

너무 늦었다.

양호선생님은 캡을 부축해 구급차에 태웠고, 역대 최고의 학생회장은 그렇게 가버렸다.

제자리로 돌아간 캡

구급차 뒷문이 활짝 열렸고, 할머니가 거기 있었다.

할머니는 구급차 바닥에 고정된 휠체어에 앉아 있었다. 더 창백하고 수척해 보였지만, 많이 나아서 최상의 상태라고 했다. 물론 내 눈엔 그래 보이지 않았지만.

난 할머니를 껴안았다.

"할머니, 너무 보고 싶었어요."

할머니도 나를 안았다. 그러더니 몸을 뒤로 빼고 나를 붙들었다.

"가만 보자, 싸웠구나?"

"싸움을 말렸어요. 중재를 해야 한다고 생각했거든요."

할머니는 자랑스레 고개를 끄덕였다.

"잘했다. 우린 늘 세상을 구하려 하지만, 때로는 세상이 그걸 원치 않지."

할머니는 나를 꼼꼼히 쳐다봤다.

"두 눈이 멍들겠구나."

난 할머니를 향해 씩 웃었다.

"갈런드로 돌아가기만 한다면야 뭔들 대수겠어요."

"우린 이제 집에 돌아갈 거야. 재활원도 내가 퇴원하는 거 좋아할걸. 난 환자들이랑 의견이 잘 안 맞았어. 내가 있는 그대로 말하는 게 죄였지 뭐냐."

할머니는 활짝 웃었다.

"내가 널 데리러 여기로 바로 가자고 그랬다. 네가 이 끔찍한 곳에서 조금이라도 더 있게 하고 싶지 않거든."

"그렇게 나쁘진 않아요. 좋은 점도 꽤 있어요."

"네가 착해서 그런 거란다. 어쨌든, 이제 다 끝났다. 플로라먼디 네 집에 들러서 네 물건을 가져오자꾸나."

구급차 대원이 문을 닫고 할머니에게 말했다.

"사이렌을 잠깐 켜야겠어요. 안 그러면 스쿨버스를 앞질러 갈 수 없거든요."

구급차는 시끄러운 소리를 내며 학교에서 출발했고, 도넬리 아줌마 집으로 가는 도중에 사이렌을 껐다.

난 소리를 지르며 집 안으로 달려갔다.

"도넬리 아줌마! 도넬리 아줌마!"

그동안 나한테 너무 잘해준 아줌마에게 좋은 소식을 전해주고 싶었다.

'초보 운전자가 된 걸 환영합니다'라는 제목의 차량관리국 팸플릿을 유심히 보던 소피가 고개를 들었다.

"엄마는 지금 직장에 있어. 무슨 일인데?"

"나, 이제 가."

"속 시원하네."

하품을 참으며 소피가 말했다.

"언제 돌아오는데?"

"안 와. 할머니가 병원에서 곧장 날 데리러 오셨어. 지금 바로 집에 갈 거야."

소피가 팸플릿을 내려놓았다.

"장난 아니구나."

소피는 부엌 창문으로 진입로에 주차된 구급차를 내다봤다.

"즐겁게 가겠네. 너네 할머니는 저 안에 계셔?"

난 고개를 끄덕였다.

"들어오실 수 없어. 아직 완벽히 나은 게 아니라서. 나가서 우리 할머니 만나볼래?"

"아냐, 됐어. 우리 엄마가 몇 년 동안 밤낮으로 레인 할머니 애길 해줘서 아는 사람 같거든."

소피는 내 부은 얼굴과 피로 얼룩진 옷을 봤다.

"혹시 저 구급차, 너 때문에 부른 거 아니지?"

난 당황했다.

"학교에서부터 코피가 났는데, 지금은 괜찮아."

"너, 꼭 멧돼지 잡아먹은 것 같아."

소피의 목소리가 웬일로 부드러웠다.

"저기, 내가 짐 싸는 거 도와줄게."

캠프용 가방을 채우고, 내가 살던 흔적을 지우는 데는 채 몇 분이 걸리지 않았다. 그때 왜 내가 소피한테 클래버리지 중학교 연감을 가져도 되냐고 물었는지 모르겠다. 지금은 모든 게 지난 일이 돼버렸는데 말이다. 하지만 연감을 살피는 게 거의 습관이 됐다.

"그래, 갖고 가."

소피가 말했다.

"네가 연감을 눈앞에서 치워주는 게 우릴 도와주는 거야."

난 아줌마에게 그동안 보살펴주셔서 감사하다는 메모를 적었다. 아줌마가 아니었다면 청소년 보호시설에 맡겨졌을 테니까.

할머니도 감사하다고 적었다.

"그럼, 이제 다 된 거 같네."

소피가 말했다.

난 〈삼각법과 눈물〉을 볼 수 있었던 텔레비전 앞에서 멈췄다.

"리숀이 대학생활 하는 걸 못 보게 될 줄이야."

"아니, 리숀은 대학 못 가. 대학 신입생 오리엔테이션 받으러 가는 길에 트럭에 치이거든."

난 충격에 빠졌다.

"안 돼!"

그러자 소피가 소리 내 웃었다.

"장난이야. 장담하는데, 걔도 〈삼각법과 눈물〉에 나오는 다른 사람들처럼 아주 한심하게 살겠지. 리숀이 실제 인물이 아닌 건 기억하지?"

우리는 어색한 인사를 주고받았다. 난 면허 시험 잘 보라고 했고, 소피는 잘 살라고 했다. 소피가 아빠가 보낸 줄 알고 있는 은팔찌를 차고 있는 걸 보니 기분이 남달랐다.

"정말이야, 즐거웠어. 근데 너무 즐거웠던 건 아니다!"

내가 집 앞을 걸어 나올 때 소피가 외쳤다.

소피의 그 마지막 말은 이해하기 어려웠다.

난 구급차에 다시 올라탔고, 우리는 출발했다. 소피 도넬리를 결코 잊지 못할 거다.

"자, 이제 갈런드로."

할머니가 말했다.

연신 활짝 웃지 않을 수 없었고, 그래서 코가 아팠다.

차로 한 시간이 걸렸다. 더 오래 걸릴 수도 있었지만, 운전사가 사이렌을 켜서 복잡하게 얽힌 차들을 뚫고 나갔다.

드디어 갈런드 농장으로 이어진 흙길로 접어들었다. 이 길 위에 파인 모든 울퉁불퉁한 자국을 기억하는데, 파인 구멍 하나하나가 내겐 다 소중했다. 집으로 돌아왔다는 사실이 그제야 실감이 나기 시작했다.

구급차가 멈췄고, 구급대원들은 우리가 차에서 내려 현관까지 가는 걸 도왔다. 맨 처음 내가 발견한 건 강력 접착테이프로 붙여 놓았는데 떨어져버린 내 푸코 진자였다. 추 구실을 하던 볼링공이 떨어져 마룻장에 금이 갔다.

몇 주 전까지만 해도 내가 알던 유일한 우리 집의 모습을 살피고 냄새를 맡았다. 집은 내가 기억하는 것보다 더 작고, 더 낡아 보였다. 평균 C 중학교 근처의 따뜻하고 밝은 색을 띤 벽돌집들과 달리, 색과 질감이 매우 단조로워 보였다.

이런 불충한 생각을 한다는 사실에 죄책감이 들었다. 이 집은 지구상에서 제일 훌륭하고, 제일 사랑스러운 곳이다. 약간 낡아 보인다 해도, 그건 몇 주 동안 텅 빈 채 홀로 있었기 때문이다.

할머니는 언제나처럼 그런 내 마음을 읽었다.

"이곳은 혼자 쓸쓸했어. 우릴 그리워하고 있었단다."

하지만 내가 그리워하던 만큼의 반도 되지 못할 거다.

난처해진 카시기 교감

회의가 이보다 더 잘 진행될 순 없었다. 정말 많은 사람이 축하해줘서 쑥스럽기까지 했다. 우리 지역 교육감은 2~3년 후 노스고등학교에 교장 자리가 나는데, 원한다면 그 자리를 마련해주겠다고 몰래 귀띔해줬다.

기분이 날아갈 것 같았다. 당연히 원하고말고! 나는 의기양양하게 클래버리지 중학교로 돌아왔다. 그 의기양양함이 '단숨에 휩쓸려' 가버릴 줄은 전혀 예상 못 한 채.

수북한 편지 더미, 수많은 전화 메시지와 이메일이 나를 기다리고 있었다. 그런데 책상 위에 놓인 서류들과 봉투들을 찬찬히 살피던 중, 친숙한 은행 로고가 나타났다. 계속해서.

나는 '긴급'이라 쓰인 봉투를 열고 인쇄된 편지지를 폈다.

고객님,

고객님의 계좌 잔액을 초과하는 액수이므로 거래가 성립될 수 없습니다. 따라서 고객님께 수표를 반송합니다. 수표 이용수수료 30달러는 고객님 계좌로 청구됩니다.

편지에는 '잔액 부족'이라는 빨간색 도장이 찍힌 클래버리지 중학교 수표 한 장이 들어 있었다. 미국 암학회에 기부된 500달러짜리 수표였다. 수표에는 내 서명이 있었다. 두 번째 줄에는 '캐프리콘 앤더슨'의 서명이 있었다.

갑자기 집무실이 기울었고, 나는 카펫으로 떨어질까 봐 의자 팔걸이를 붙들었다. 내가 앤더슨에게 준 수표 중 하나였다. 왜 녀석이 미국 암학회에 500달러를 기부했을까? 가치 있는 일이 아닌 건 아니었다. 하지만 이 돈은 핼러윈 파티를 위해 써야 했다!

손을 떨면서 다른 봉투를 몇 장 더 뜯었다. 모두 같은 내용이었다. 소아마비 구제 모금단체, 국제 해비타트, 낭포성섬유증 재단에 각각 수백 달러씩 기부했다.

척추 꼬리에서부터 한기가 올라왔다. 이 모든 수표가 지불 거절을 당했다면, 학생활동기금에 들어 있어야 할 돈이 모두 사라진 것이다!

기금 계좌에는 원래 4,000달러가 예치돼 있었다!

나는 양손으로 산처럼 쌓인 우편물을 던지며 입출금 명세서를 찾았다. 명세서에는 이 끔찍한 일이 상세히 적혀 있었다.

내가 서명한 수표들은 지급이 거절된 것과 그렇지 않은 것으로 나뉘었다. 식품과 음악 경비, 그리고 파티와 관련해 한두 번 쓴 기타 경비가 적혀 있었다. 그리고 나머지는 죄다 자선단체 기금으로 쓰였다. 그중 돌봄과 걷기 행사에는 1,000달러를 기부했다!

대체 무슨 일이 있었던 걸까?

비서에게 인터폰으로 말했다.

"캐프리콘 앤더슨 학생한테 내 집무실로 오라고 하세요. 지금 당장!"

"캐프리콘 앤더슨은 더 이상 우리 학교 학생이 아닙니다."

내 넥타이를 씹을 뻔했다.

"언제부터요?"

"저번 주 수요일에 학교를 떠났어요."

비서가 대답했다.

"아이의 할머니가 퇴원했다고 합니다."

"그럼 그 할머니한테 전화하세요."

잠깐 침묵하다가 비서가 말했다.

"기록에 보면 전화가 없는 걸로 나오는데요."

나는 내가 생각할 수 있는 유일한 방법을 썼다. 플로라 도넬리에게 전화를 걸었다. 그녀의 집, 사무실, 휴대폰에 메시지를 남겼다. 내가 꽤 다급해 보였는지 플로라 도넬리는 한 시간 안에 내 앞에 나타났다.

그즈음 나는 은행 지점장, 핼로윈 파티 디제이의 매우 불친절한 조수와 통화를 마친 상태였다. 불친절한 조수는 이렇게 비난했다. "이보세요. 내 친구한테 가짜 종이 쪼가리를 주면 어쩌잔 말인가요?"

나는 플로라를 애원하듯 바라봤다.

"플로라, 이건 당신이 담당하던 일입니다. 캡과의 관계가 특별하다는 거 알아요. 설명 좀 해봐요."

플로라는 은행 거래명세서와 지급이 거절된 수표들을 찬찬히 살폈다. 플로라의 얼굴빛은 회색이 됐다. 내가 생각했던 표정이었다.

그러더니 내가 예상치 못한 답을 내놓았다.

"교감선생님, 이건 모두 교감선생님 잘못이에요."

"내 잘못요?"

"무슨 생각으로 캡한테 서명이 된 수표를 주셨나요?"

"내가 한동안 학교를 떠나 있을 거라서 그랬죠! 캡이 쓸 돈이 모자랄까 봐 그랬어요. 또 우린 학생활동기금을 통해 아이들의 책임감을 키우고 있어요. 10대 애들도 돈을 다룰 줄 알아야 한다고요."

"제가 주의를 드린 적이 있을 텐데요. 캡 앤더슨은 다른 행성에서 자란 애나 마찬가지라고요."

"그래요."

나는 솔직히 인정했다.

"나도 캡이 세상 물정에 밝은 아이가 아니란 걸 알아요. 한데 세상 물정에 어둡다고 사기를 안 친다는 법은 없지요."

"캡은 사기 칠 애가 아니에요."

플로라는 단호하게 말했다.

"여기 보세요. 이렇게 분명한데도요?"

나는 계속 주장했다.

"학교 돈을 꿰찰 방법을 찾은 거죠. 자선단체에 기부한 것처럼 보이게 하고요. 경찰을 부를 수밖에 없겠네요."

플로라가 갑자기 침착해졌다.

"캡한테 이 수표를 주면서 수표가 무엇인지, 그리고 어떻게 쓰이는지 설명하셨나요?"

"물론이죠. 내가 바보입니까?"

"아뇨. 제 말은 어떻게 수표가 쓰이는지 정확히 설명하셨냔 거예요. 계좌에 있는 잔액에서 수표로 쓴 금액만큼 빠져나간다는 사실, 그리고 그 잔액이 부족해질 수 있다는 사실을 설명하셨나요?"

"가진 것보다 더 많이 쓸 수 없다는 건 모두가 아는 사실 아닙니까?"

"교감선생님, 제가 말씀 안 드린 게 있네요. 저는 열두 살 때까지 갈런드 농장에서 살았어요. 가족이 갈런드에서 사는 동안 저는 돈을 써본 적이 없어요. 단 1센트도요. 그곳 사람들은 세상이 잘못 돌아가는 건 전부 돈 때문이라 생각했고, 그래서 농장 지도자들은 아이들이 안 보는 곳에서 돈을 다뤘어요. 교감선생님께 확실히 말씀드리는데, 캡은 자기가 서명한 수표 액수만큼 누군가가 내야 한다는 사실을 몰랐어요. 그리고 수표를 쓸 권한을 아주 즐겁게 생각했을 거예요. 그런 권한으로 사람들을 도울 수 있다는 걸 알고 무제한으로 수표를 쓴 거죠."

나는 벼락을 맞은 듯 충격에 빠졌다.

"캡이 정말 학생활동기금을 갖다가 자선단체에 기부했단 말입니까?"

플로라는 고개를 끄덕였다.

"캡은 현실을 직시하지 않으려는 1960년대 이상주의적 사고를 그대로 갖고 있어요. 캡은 범죄자가 아니에요. 오히려 그 반대죠. 말 그대로 완벽히 순수한 애랍니다."

나는 머리를 부여잡았다.

"차라리 캡이 학교에서 강도질하고 멕시코 쪽 국경선으로 도망갔으면 일 처리가 쉽겠어요. 그럼 이사회에 설명하고 보험금을 받으면 되니까요. 이제 어쩌면 좋단 말입니까? 소아마비 구제 모금 단체에 전화해서 돈을 돌려달라고 해야 하나요?"

"시도는 한번 해보세요. 권한 없는 사람이 돈을 잘못 쓴 사례가 처음이 아닐 수 있잖아요."

"그렇죠. 자선단체에 기부한 게 아니라, 뭐 텔레비전을 산다든가."

그러자 플로라의 얼굴에 엷은 미소가 번졌다.

"걱정 마세요. 갈런드 농장엔 텔레비전 플러그를 꽂을 데가 없답니다."

"여기에 자선기금과는 상관없어 뵈는 비용 지출이 있어요."

나는 은행 거래명세서를 꼼꼼히 보면서 중얼거렸다.

"시내에 있는 보석가게에서 썼네요."

플로라는 내 어깨 너머로 그걸 들여다봤다.

"분명히 뭔가 이유가 있을 거예요. 아마 핼러윈 파티 상품으로 주려고 산 게 아닐까요? 베스트 댄서 상, 베스트 래퍼 상, 베스트 드레서 상, 뭐 이런 거요."

나는 무감각하게 고개를 끄덕였다. 그때 댄서 상 따윈 이제 무용지물이란 생각이 들었다. 파티를 열지 않을 거니까.

이 결정은 사람들의 반대가 많을 수 있지만, 지금 내 생각엔 이 방법밖엔 없었다. 물론 은행과 싸우고 자선단체들에게 애원할 수도 있다. 하지만 그러면 나만 바보가 될 것 같았다. 아니면, 갈런드 농장으로 직접 가서 캡의 할머니에게 캡이 다 써버린 돈을 물어내라고 할 수도 있겠지. 하지만 그럴 돈이 있을지 의문이었다. 캡과 그 할머니는 세상이 이미 40년 전에 포기한 대안적 삶을 살고 있었다.

최악의 경우, 내가 라스베이거스에서 교장단 회의를 꾸리는 동안 신임하던 학생회장이 학교 재산을 바닥냈다는 기사가 지역신문에 실릴지도 모른다. 노스 고등학교 교장 자리가 그런 어리석은 자에게 주어질까.

그럴 순 없지. 나는 파티를 취소하고, 내가 할 수 있는 건 최대한 해서 나머지 것이라도 취해야 했다.

플로라 도넬리의 말이 맞다. 이건 내 잘못이다. 하지만 그 잘못의 이유는 플로라의 이유와는 달랐다. 나는 아이들이 학생회장을 선출하는 걸 오랫동안 의심쩍게 바라봤다. 그럼에도 그냥 모른 척하기로 하고 승인해줬다. 하지만 언젠가는 그 애들이 제 무덤을 판 격이 되어 되레 황당한 꼴이 되리라고 늘 생각해왔다.

바로 내가 황당한 꼴이 되리라곤 한 번도 생각지 못했다.

캡을 애타게 찾는 나오미

우리가 어떻게 이해해야 했던 걸까?

미식축구팀 선수 전체가 캡을 깔아뭉개자 코치들이 캡을 양호실로 데려간다. 세 시간 뒤, 캡은 대릴 페니필드한테 맞아 눕는다(난 대릴 페니필드한테 다시는 말을 안 한다). 그래서 캡은 구급차에 실려 간다.

난 그 이후로 캡을 못 봤다.

처음 며칠 동안은 캡이 결석해도 아무도 놀라지 않았다. 캡은 다쳤다. 결석하는 게 당연하지 않나? 그리고 며칠 뒤 클래버리지 콘도르스가 경기하는 토요일이 왔다. 콘도르스가 캡한테 한 짓이 있으니 캡이 경기에 오지 않는다고 그 애를 나무랄 사람은 없었다. 치어리더인 레나의 말에 의하면 콘도르스와 레인저스의 대결을 보러 온 참석자 수는 사상 최저였다(혹시 여러분이 이 대결에 관심 있는 소수에 속할까 봐 알려주는데, 3:3 박빙의 승부였다).

얼간이들, 꼴좋다.

어쨌든 월요일엔 캡을 볼 수 있겠지 생각했다. 내 생각이 틀렸다. 그리고 화요일이 되자 걱정이 되기 시작했다. 학생회장이 애들 눈앞에 나타나지 않은 지 벌써 1주일이 됐다.

그랬다, 캡은 나한테 특별한 사람이므로 난 더 속이 상했다. 그런데 다른 애들 역시 모두 이 얘기를 했다. 복도에 애들이 모여 무슨 얘기를 하는지 애써 들으려 하지 않아도 다 들렸다. 캡은 어디 간 거야? 왜 아직 안 오는 거야? 심하게 다쳤나? 수위 아저씨들이 캡이 케이오 당한 복도에서 아직도 피를 닦아낸대.

캡의 몸이 매우 좋지 않은 게 확실하다. 그렇지 않고서야 캡이 이렇게 오지 않을 리 없다. 아직 우리 둘이 이루지 못한 게 있는데……. 내가 전에 했던 말, '다음에 계속'을 이어나가야 한다는 뜻이다. 이전에 잭을 좋아했던 것처럼 가볍게 반한 정도가 아니다. 이번에는 서로 감정적 유대가 있었다. 그리고 토요일 밤에는 핼러윈 파티가 열릴 예정이다. 캡이 없으면 파티를 성공적으로 마칠 수 없다는 걸 캡 역시 잘 알 거다.

담임인 보겔 선생님에게 묻자, 선생님이 대답했다.

"캡 앤더슨은 이제 학교 안 다녀."

"네?"

차라리 수업 중에 학교 건물이 붕괴될 거라고 말하는 게 덜 충격적이었을 거다.

"아뇨, 캡은 우리 학교 학생이에요! 학생회장이잖아요!"

선생님 얼굴이 불편해 보였다.

"나오미, 너랑 언쟁하고 싶지 않구나. 내가 아는 대로 말한 거야."

"교감선생님께 여쭤볼래요."

"내가 이런 말을 누구에게 들었겠니?"

선생님은 냉정하게 말하진 않았다.

"교감선생님이 모든 선생님을 불러 긴급회의를 여셨어. 교감선생님 앞에서 캡의 이름을 꺼내지 않는 게 좋을 것 같구나. 이 문제에 아주 민감하시거든."

"근데 토요일 밤에 파티가 있잖아요! 캡이 없으면 누가 이끌죠?"

선생님은 내 눈을 마주치려 하지 않았다.

"점심때 발표가 있을 거란다. 파티는 취소됐어."

각목으로 배를 한 대 세게 얻어맞은 느낌이었다.

"설마, 진심은 아니시죠?"

선생님은 진심으로 나를 방에서 내쫓았다.

복도로 비틀비틀 나오다 보니, 공지가 붙어 있었다.

유감스러운 사정으로 인해 핼러윈 파티가 취소됐습니다.

여러분도 예상하겠지만, 대혼란이 벌어졌다. 클래버리지에는 중학교가 단 하나 있다. 동네 사람들은 모두 이 중학교에 다녔다. 우리보다 나이가 많은 언니, 오빠 모두. 부모님들도 대개 이 중학교 출신이었다. 그때도 핼러윈 파티는 언제나 열렸다.

"파티를 취소할 수 없어!" 티파니가 울부짖었다. "전통인데!"

"아니, 선생님들은 그렇게 할 수 있고, 실제로 취소했어." 레나가 어둡게 말했다. "교감선생님 완전 진상이다. 자기는 근사한 회의에 가서 한 주 동안 잘 놀다 오더니, 우리 재미있는 꼴은 못 보겠다 이거네!"

"이건 우리 트레이드마크야!" 티파니가 말을 이었다. "초등학교 애들은 학예회가 있고, 고등학생들은 동창회가 있잖아. 핼러윈 파티는 우리 거라고! 교감선생님 진짜 왜 그러냐?"

그러자 잭이 자신감 있게 제 생각을 말했다.

"교감선생님이 잘못한 게 아니야. 언제부터 선생님들이 학생들 하는 일에 왈가왈부했냐? 너희는 지금 분명한 핵심을 놓치고 있어. 파티가 취소된 건 캡이 어찌어찌하다 일을 망쳐서 그런 거야."

"네가 어떻게 알아?" 레나가 물었다. "모든 게 이미 다 준비됐어. 그리고 캡은 여기 있지도 않아."

"그렇지, 그렇지." 잭이 동의했다. "캡의 파티였지. 근데 걔는 지금 어디 있지?"

내가 빛의 속도로 잽싸게 반박해서, 잭이 바람에 휙 넘어질 정도였다.

"걔가 어디 있냐고? 너희 그 잘난 미식축구팀이 걔를 지구 밑으로 밀어 넣으려고 했잖아. 그리고 너한테 날아갈 펀치를 걔가 맞고 쓰러진 거 기억 안 나?"

잭은 어깨를 으쓱했다.

"대릴이 미쳐 날뛴 게 내 잘못이냐?"

"그래, 네가 잘못한 건 애초에 없었겠지." 내가 말했다. "캡을 네 어릿광대처럼 부릴 수 없으니까 넌 걔를 자동차 검사용 마네킹처럼 만들었어. 잭 파워, 지금까지 나도 너랑 함께했어! 근데 이제 너랑은 끝이야!"

난 화가 몹시 났지만, 잭의 놀란 표정을 보고 만족감을 느꼈다. 난 좀 더 나갔다.

"'유감스러운 사정'이 단순한 변명이 아니란 생각은 안 해봤어? 그 말이 만약…… 만약……."

그래, 그 말이 뭘 의미할까? 아무도 감히 입 밖에 내지 않았지만, 모두들 그렇게 생각했다. 무표정한 교감선생님은 캡의 이름만 들어도 감정적이 돼서 아예 들으려 하지 않았다. 어떤 유감스러운 사정이 있었을까? 그리고 캡은 쥐도 새도 모르게 사라져버렸다.

"이유를 밝혀보자."

레나가 결심했다.

멋쟁이 레나. 레나는 다루기 어려운 아이이지만, 때론 아주 현명하다. 또 인맥이 어찌나 넓은지 모두 레나한테 도움을 받는 듯 보였다. 레나를 위해 필 루이즈는 교무실로 잠입해 학생기록부에서 캡의 파일을 빼왔다.

필은 체육관 옆 계단에서 몰래 빼내온 그 파일을 꺼내 보였다.

파일에는 아무것도 없었다. 단 한 장도 없었다. 학년과 시험점수도 없었고, 인덱스카드도 없었다.

"어떻게 파일이 비어 있을 수 있지?"

레나가 물었다.

"아니," 필이 말했다. "분명 어딘가에 성적증명서, 옛날 학교에서 작성한 전학 서류, 비상연락처가 있을 거야."

"그게 우리가 찾는 거야!" 난 격한 감정으로 말했다. "캡한테 연락해야 해. 이건 비상상황이라구!"

"걱정 마." 레나가 어둡게 말했다. "누군가 캡의 주소를 알 거야."

난 캡과 같은 버스를 탔지만, 먼저 내렸기 때문에 캡이 어디에서 내리는지 몰랐다. 캡이 어디에 사는지 아는 애를 찾는 것 역시 어려웠다.

그런데 마침내 해결책이 보였다. 올리비아 와인트롭의 오빠가 소피 도넬리라는 여자애와 데이트한 적이 있단다. 그리고 올리비아 오빠는 소피네 집에 복고풍의 긴 머리를 한 애가 머물고 있다고 말한 적이 있단다. 그 애가 캡일지 모른다.

방과 후, 레나와 나는 캡이 타던 버스를 타고서 한적한 길가에 있는 잘 손질된 주택을 찾았다. 이 집에서 캡이 살았고 잠을 잤다고 생각하니 마음이 따뜻해졌다. 우리는 집을 제대로 찾았다고 확신했다.

"여기네." 레나가 확인했다. "락크레스트 191번지."

우리가 현관문을 향해 걷고 있을 때, 진입로에 주차된 차의 창이 스르륵 열렸다.

아주 예쁘게 생긴 여학생이 고개를 내밀며 말했다.

"무슨 일이니?"

"캡 앤더슨이 여기 살죠?"

난 간절한 마음으로 물었다.

"아니."

여학생은 다시 창문을 올렸다.

그때 조수석 문이 열리고 어떤 아줌마가 나왔다.

"얘들아, 너무 늦게 왔구나. 캡은 이제 여기 살지 않아."

이 아줌마는 단어 하나하나를 조심스레 말했다.

"그러면……" 레나가 집요하게 물었다. "지금 어디 있는지 말씀해주실 수 있나요?"

"그럴 수 없을 것 같구나."

"왜요?" 난 울부짖었다. "캡한테 꼭 할 말이 있어서 그래요!"

여학생이 다시 창문을 내렸다.

"내일모레 내 운전면허 시험이 있어. 우린 지금 바빠."

"미안하다, 얘들아." 아줌마가 말했다. "너희가 좋은 의도로 찾아온 친구라는 거 알아. 하지만 많은 일이 일어난 탓에 나도 내 맘대로 말해줄 처지가 못 되는구나."

아줌마는 다시 차에 타고 문을 닫았다.

"캡의 전화번호를 알려주실 순 없나요?"

난 애원했다.

여학생이 나를 향해 이상한 웃음을 지어 보였다.

"캡이 사는 데는 전화가 없는 곳이야."

그들이 차를 몰고 가버린 뒤에도 우리는 멍한 상태로 현관 앞에 서 있었다.

마침내 레나가 침착하게 가라앉은 목소리로 말했다.

"왜 우리가 캡을 못 찾는지 알 거 같기도 해."

비극. 내 정신 상태를 설명할 유일한 단어였다. 몇 개월 동안 난 사막을 헤매며, 그럴 가치조차 없는 비열한 잭한테 호감을 보였다. 그러다 마침내 진짜 내 감정을 알게 됐다.

하지만 너무 늦었다.

그때까지 아무도 끔찍한 말을 입에 올리지 못했다.

하지만 난 더는 그 말을 삼키고 있을 수 없었다.

"캡이 죽었으면 어떡하지?"

궁지에 몰린 잭

우선 중요한 것부터 말하겠다. 난 쉽게 믿지 않았다.

소문이 무성하다 못해 미쳐 날뛰었다. 캡이 병원에 있다……, 캡이 영안실에 있다……, 캡이 식물인간이 됐다……, 캡이 욕실에서 거꾸러졌다…….

난 아이들의 정보 수집 능력에 신뢰를 잃어버렸다.

난 캡이 어디에 있는지 모르고, 솔직히 말하면 관심조차 없었다. 나의 해가 엉망진창이 돼버렸고 내 이름은 평균 C 중학교에서 저주받은 이름이 됐다. 나, 잭 파워가 말이다! 이게 모두 다 '더벅머리 실종사건' 때문이다.

애들은 이 사건에 미친 듯이 관심을 보였다. 다른 주제에 관해 얘기하는 꼴을 못 본 것 같다. 선생님들은 아이들의 관심이 온통 딴 데 가 있다며 불만스러워했다.

난 애들이 파티가 취소돼서 상심한 거라고 생각했다. 그런데 아니었다. 애들은 진심으로 히피 녀석을 걱정했다!

"뭐 그리 대수라고?"

내가 이렇게 말한 게 몇 번인지 기억조차 못 하겠다.

"타임머신을 타고 원래 있던 데로 간 것뿐이야."

그러자 나오미가 눈에서 불을 뿜으며 공격했다.

"넌 캡을 안 좋아했잖아! 걔 갖고 놀려고만 했어!"

이제 나오미가 얼마나 나를 싫어하는지 끔찍할 지경이다. 나오미가 날 좋아한다고 생각했는데 내가 오해했나 보다.

"그래." 난 인정했다. "하지만 너도 마찬가지였어. 3학년 전체가 다 그랬다구."

"하지만 그러다 우리 중 몇몇은 캡이 어떤 애인지 알게 됐지." 레나가 말했다. "캡이 온몸을 다해 학교를 위해 일한다는 걸 말이야."

"온몸을 다해?"

난 폭발했다.

"새 한 마리 때문에 장례식을 치렀어! 학교 앞 잔디밭에서 춤을 췄고! 할머니 할아버지들이나 듣는 곡을 연주했고, 비틀스랑 또 다른 할배…… 이름이 뭐였더라, 기타펑클인가 뭔가."

"가펑클." 나오미가 차갑게 바로잡았다. "사이먼과 가펑클."

"들어봐." 레나가 말했다. "캡은 자기 삶을 바쳐……."

"안 바쳤어……."

하지만 나는 지는 싸움을 하고 있었다. 레나가 그렇게 생각한다면, CNN 뉴스 톱기사로 나와도 될 만큼 신빙성이 있다는 거였다.

캡은 자신의 전부를 평균 C 학교에 던졌고, 그 탓에 쓰러졌다. 캡이 죽은 게 아니라면, 지금 심각한 신경쇠약을 겪고 있을 거다.

"누군가를 못 찾는다고 해서 그 사람이 죽었다고 생각할 순 없어!"

난 적어도 스무 명과 언쟁을 벌였다.

"난 지금 톰 크루즈가 어디 있는지 정확히 몰라. 그게 톰 크루즈가 죽었다는 말은 아니잖아!"

벽에 대고 말하는 거나 마찬가지였다. 1,100명 전교생 모두 학생회장이 비극을 맞았다고 확신했다. 그리고 그렇게 된 건 모두 미식축구팀, 대릴, 그리고 나 때문이라고 생각했다.

복도에서 발을 뗄 때마다 나를 째려보는 시선이 느껴졌다. 심지어 1학년 애송이들까지 자네들이 나를 쏘아볼 권리를 지닌 듯 굴었다. 사물함에 갈 때마다 거기에 써놓은 욕설 또한 늘 새롭게 바뀌어 있었다. '찌질이', '얼간이' 등등.

"왜 이렇게 모두 감정적으로 돌변했냐?"

난 학생식당에서 휴한테 불평을 털어놓았다.

"그래, 하지만 그게 당연한 거 아닌가?"

휴의 시큰둥한 대답에 내 얼굴이 절로 찌푸려졌다.

"왜, 너도 그 '친애하는 괴짜를 떠나보내 슬퍼하는 무리'에 끼려고?"

"물론 아니야."

휴가 말했다.

"나도 정말 바보 같은 짓이라고 생각해. 근데 놀랍진 않아."

내 위상이 추락하고 있음을 최고로 잘 보여주는 지표가 있었다. 나랑 점심을 함께 먹으려는 애가 휴밖에 없었다.

"어, 그거 뭐야?"

갑자기 휴가 손을 뻗더니 내 머릿속을 샅샅이 뒤졌다.

난 휴의 팔을 쳐냈다.

"야, 그만해!"

"봐!"

휴는 내 귀 뒤에서 작은 물체를 뽑아 내 앞에 내보였다. 땅콩 크기만 한 질척질척한 흰색 종이공이었다.

종이를 씹어 뭉친 공.

난 믿기지 않는 심정으로 공을 자세히 봤다.

"그럴 리 없어······."

휴는 지긋지긋해했다.

"잭, 너도 알다시피, 종이공은 어느 쪽으로든 날아갈 수 있지. 네 주위에 보호막이 있는 것도 아니고 말이야."

난 다른 모든 애를 합쳐도 따라올 수 없는 내 종이공의 1등 표적, 휴를 바라봤다.
"너, 사과받고 싶은 거지?"
"난 그냥 '복수의 축제' 맨 앞줄에 앉아 즐기기만 하고 있어."
휴가 비꼬며 말했다.
"야, 그건 네가 자초한 거였다구."
"괴롭힘의 대상이 된 게 내 잘못이야?"
"유치원 첫날부터, 넌 공부벌레 괴짜였어. 네 옷, 네 취미, 네가 쓰는 단어……."
그러자 휴가 얼굴을 찌푸렸다.
"그래, 잭 넌 완벽하다."
난 왠지 억울했다.
"난 지금껏 살면서 어떤 스포츠를 하고, 어떤 밴드의 노래를 듣고, 어떤 애들이랑 어울려야 하는지 늘 분명히 알았어. 태어나면서부터 쿨가이 지침서가 내 머릿속에 들어 있어서, 어떻게 하면 쿨해지는지 알려주는 것 같았다니까."
그렇게 말하는 동안 내 안색이 점점 어두워지는 게 느껴졌다.
"근데 말이야, 내 지침서에 캡 앤더슨은 없었어."
휴는 고소해하지 않았다. 오히려 나를 이해하는 듯 보였다. 하긴 휴 윙클맨의 지침서에는 온 세상이 없었다.
"네가 캡한테 호감을 느낄 수 없다는 게 안된 일이지."

휴가 벽돌로 나를 후려쳤더라도 이보다 덜 놀랐을 거다. 이렇게 분명한 걸 왜 생각 못 했지?

"맞아, 그거야!"

난 소리쳤다.

"우리가 캡의 무리를 멈추게 할 수 없다면, 우리도 그 무리에 편승하는 거야."

"좀 늦은 거 아닐까?" 휴가 이의를 제기했다. "이제 캡은 없잖아."

"바로 그 점을 우리가 활용하면 되지. 자, 따라와."

난 성큼성큼 식당을 나와 복도를 지나 도서관으로 갔다. 휴는 남은 샌드위치를 게걸스레 해치우고 나를 따라왔다.

난 컴퓨터를 켜고 몇 분 동안 키보드를 두드린 다음, 휴를 향해 컴퓨터 화면을 돌렸다. 화면을 읽는 휴의 눈이 커졌다.

캡 앤더슨에게 바치는 조의

역대 최고의 학생회장에게 경의를 표하세요.

때: 토요일 저녁 7시(회장이 끝내 이루지 못한 핼러윈 파티)

곳: 학교 주차장

＊선생님들에게 보여주지 마세요!

휴는 뭔가 말하려다 입 안 가득 든 땅콩버터와 젤리 때문에 사레가 들려 캑캑거렸다.

난 휴의 등을 두들기며 신이 나서 키득거렸다. 잭 파워는 잠시 쓰러진 거지, 죽지 않았다!

"프린터에 종이를 넣어. 많이 뽑을 거야."

진실을 알게 된 소피

드디어 그날. 내 운전면허 시험 날.

모든 게 딱딱 맞아떨어졌다. 아빠는 약속대로 팔찌를 보냈다. 난 다시 사랑스러운 외동딸이 됐다. 심지어 남자친구가 생기려는 조짐까지 보인다. 지난 며칠 동안 라크로스(하키와 비슷한 구기:옮긴이) 팀의 상급생인 마틴 엔필드가 나한테 강렬한 시선을 보냈다.

이제 이 운전면허 시험만 통과하면 된다는 말씀. 아빠가 행운을 빈다면서 전화했다. 아빠는 나를 자랑스럽게 생각한다면서 끊임없이 말을 이어갔다. 어느 날 나타나서 몇 번 연습하게 해준 뒤 다시 떠나버린 사람이 아니라 마치 지난 시간 내내 내 멘토였던 것처럼 굴었다. 그래도 아빠 목소리를 들으니 기분이 좋았다. 그리고 어쨌든 이전 일에 관해 아빠한테 할 말도 있었다.

"팔찌 보내줘서 고마워요. 새겨진 글씨도 정말 맘에 들어요."

수화기 반대편이 쥐죽은 듯 조용했다.

"아빠, 듣고 있어요?"

"응, 소피야, 그래."

마침내 아빠가 답했다.

"지금 휴대전화로 하는 거라, 감이 썩 좋지 않구나. 팔찌는 무슨 소리냐?"

"그냥 감사해요. 새긴 글씨도요. 아빠가 그렇게 감상적인 분인 줄 몰랐어요."

"아빠가 할 일을 다해서 기분이 좋네."

아빠가 부드럽게 말했다.

"소피야, 이만 끊어야겠다. 네 말이 잘 안 들리는구나. 시험 잘 봐……."

난 얼굴을 찡그리며 전화를 끊었다. 감사 인사를 받는 아빠의 반응이 이상했다.

엄마가 부산하게 들어왔다.

"준비됐어?"

"엄마, 아빠가 은팔찌 보낸 걸 벌써 잊어버릴 수 있어?"

엄마는 캡 앤더슨처럼 상황이 좋지 않은 애들에게나 보이는 사회복지사 특유의 동정 어린 눈빛으로 나를 바라봤다.

"아빠는 널 사랑해. 늘 좋은 의도에서 뭘 시작하지."

그냥 단순한 질문 하나 던졌을 뿐인데 지나치게 친절하고 분석적인 답이 돌아왔다.

"그러니까 그 말은 아빠가 잊어버릴 수 있단 말이죠?"
"딸아, 오늘은 너한테 중요한 날이야. 왜 자꾸 널 불행하게 하는 걸 곱씹니?"
뭐 어쨌거나.

차량관리국 대기실에는 여러 대의 차가 연쇄 충돌한 장면을 담은 커다란 사진들이 진열돼 있었다. 정말 교묘했다. 사실, 난 무서워 죽는 줄 알았다. 시험감독이 차에 올라타자, 진짜 구역질이 났다.

"주차장에서 좌회전하세요."
시험감독이 지시했다.

안개가 짙게 낀 궂은 날씨였다. 그래서 더 겁이 났다. 연습할 때와 달리 핸들을 돌리고 페달을 밟는 일이 폭탄을 해체하듯 어색하고 복잡하기만 했다. 하나만 잘못 건드렸다간 펑 하고 터질 것 같았다.

마음을 진정하기 위해 조수석에 앉은 시험감독이 아빠라고 생각하려 애썼다. 그런데 무슨 이유에선지 상상 속의 동반자는 아빠가 아닌 캡이었다. 지워버리고 새로 떠올리려고 머리를 흔들어봤지만, 캡은 거기 여전히 있었다. 괴짜 녀석이 내 인생에서 최고로 중요한 시험을 함께하고 있었다.

그나저나 시험감독은 왜 좁은 길로 가라는 거야? 차들이 양쪽에 주차돼 있고, 그 사이에 있는 길은 정말 좁았다. 이런.

허둥거리던 찰나에 웬 낯익은 목소리가 들려왔다. '앞쪽이 길을 뚫고 나가면, 뒤쪽은 거저 가는 거야.'

이를 악물고, 좁은 길 사이로 차 보닛을 가운데에 맞춘 채 필사적으로 나아갔다.

차가 바늘구멍을 통과하는 동안 난 환호성이 새어 나오지 않도록 꾹 참았다. 캡, 고마워!

"고속도로로 진입하세요."

시험감독이 지시했다.

천천히 고속도로로 들어섰다. 속도를 올리자 물방울이 앞유리로 떨어져 내렸다. 난 자신감이 생겼고 가끔씩 와이퍼를 작동시켰다.

하지만 여전히 마음 한편에는 아빠와의 전화가 생각났다. 아빠가 깜빡깜빡하는 사람이란 걸 잘 안다. 하지만 어떻게 팔찌를 잊을 수 있지? 나한테 그냥 준 것도 아니잖아. 보여주고, 다시 가져가서, 글자를 새기고, 우체국 소포로 보냈으면서. 그 많은 단계를 거쳤는데 기억이 가물가물하다니 말이 돼?

"여기서 나가서 동쪽 필모어로 가서……."

팔목의 팔찌가 중세 지하감옥의 족쇄처럼 느껴질 때까지 난 계속 그 생각만 했다. 어떻게 차를 몰았는지 내가 생각해도 참 신기했다. 정신이 완전히 흐트러져 있었다. 사실을 퍼즐처럼 짜 맞출수록 한 가지 결론이 나왔다.

아빠는 팔찌를 잊은 게 아니었다. 애당초 팔찌를 보내지도 않았다. 그럼 엄마인가?

그런데 엄마는 그럴 사람이 아니다. 엄마는 당신의 일과 관련해 늘 이런 말을 했다. "난 애들이 환상을 갖고 살게 하지 않을 거다."

엄마는 사람들에게, 심지어 내게도 현실을 직시하라고 잔소리했다. 아빠와 관계된 일이라면 특히나 더.

그런 엄마가 속임수를 써서, 아빠가 약속을 지킨 것처럼 할 리는 없었다.

엄마가 아니면, 대체 누구지?

"……주황색 원뿔 표지들 사이로 평행 주차하세요."

시험감독이 말했다.

"뒤를 볼 수 있게 1분간 서리 제거 장치를 켜세요."

손을 뻗어 버튼을 눌렀는데, 다른 걸 눌러버렸다. 차 안에 음악이 울려 퍼졌다. 〈당신에게 필요한 건 사랑〉(All You Need Is Love. 비틀스가 1967년 발표한 곡으로, 영화 〈러브 액츄얼리〉, TV 프로그램 〈무한도전〉 등에 소개되어 우리에게 더욱 친숙해졌다:옮긴이)의 후렴구가 나오고 있었다.

"당신에게 필요한 건 사랑이에요."

"1960년대를 겪은 사람이라면 이 오래된 노래를 기억할 거예요."

노랫소리가 희미해지자 디제이의 목소리가 들렸다.

갑자기 눈물이 볼을 타고 흘렀다.

시험감독은 깜짝 놀랐다.

"학생, 울지 마요. 별일 아니에요. 버튼 하나 잘못 누른 건데. 점수 안 깎아요!"

"아뇨, 그게 아니라요……."

난 여전히 흐느껴 울며 말했다. 어떻게 설명하지? 라디오! 노래! 글자를 새긴 팔찌는 아빠가 보낸 것도, 엄마가 보낸 것도 아니었어! 당신에게 필요한 건 사랑이라고? 이런 문구를 생각해낼 사람은 오직 한 사람밖에 없었다.

캡.

난 주황색 원뿔 표지를 전부 다 으스러뜨리며 지나갔다. 그래도 어쨌든 시험감독은 나를 합격시켰다. 나를 측은하게 여겼던 게 아닐까?

그때 난 너무 충격을 받아서 차가 불길에 확 타올라도 몰랐을 거다. 캡은 내가 아빠 때문에 기분이 엉망이 안 되게 하려고, 팔찌를 사서 글씨를 새겼다. 그 대가로 캡이 돌려받은 건 아무것도 없었다. 캡은 남자친구도 아니었다. 친구도 아니었다. 순전히 날 행복하게 하려는 이유 하나로 그렇게 한 거다.

대기실로 돌아갔을 때 엄마가 내 빨간 눈과 잿빛 안색을 보더니 서둘러 위로의 말을 전했다.

"딸아, 걱정 마. 또 시험 보면 돼."

"아니거든요! 나 면허증 받으러 가요."

엄마는 깜짝 놀랐다.

"그런데 왜 울어?"

왜? 캡한테 단 한 번도 예의 바르게 말해본 적이 없어서였다. 캡이 우리 집에 처음 발을 들여놓은 날부터 난 캡한테 전쟁을 선포했다. 괴짜라고 불렀고, 물을 퍼부었고, 찌질이라고 말할 기회가 생기면 주저 없이 말했다.

그러면 캡은 누구도 나한테 그래 본 적 없는 가장 멋진 것들로 응수했다.

입을 꽉 다물었다. 엄마가 알게 하지 않았다.

그냥 나 자신이 그 자체로 끔찍하게 느껴졌다.

난 운전면허 소지자가 되는 순간의 즐거움도 느끼지 못했다. 나처럼 끔찍한 사람에게 이런 좋은 일이 일어나는 게 불공평했다.

최악은 캡과 화해하기엔 너무 늦었다는 거다. 캡은 1967년으로 빨려 들어갔고, 이제는 여기에 없다. 캡이 기분 좋게 즐길 수 있는 마지막 기회조차 물거품이 됐다.

내가 중3일 때 어땠는지 회상해봤다. 아직 좋은 시간이 많았다. 하지만 캡은 이제 그런 시간을 가질 수 없다.

내일은 핼러윈 데이. 중학생에게 핼러윈 파티는 최고의 이벤트다. 파티를 열고, 열광하고, 여자애랑 춤도 춰보기 전에, 캡은, 불쌍한 캡은 기이한 농장으로 끌려가버렸다.

그리고 다른 누군가가 손을 쓸 수 있는 건 아무것도 없었다.

하지만 만약…….

다시 학교로 간 캡

장대를 돌려 사과를 따보니 너무 익어서 단단하지 않았다. 갈런드 농장의 모든 것이 한동안 방치된 탓이었다. 할머니는 아직도 지팡이를 짚고 절뚝거렸고, 잡일은 대부분 내 몫이었다.

그래도 대체로 다행이었다. 과일 수확이 조금 늦었지만 감자, 당근, 순무는 상태가 좋았다.

진짜 좋은 뉴스는 할머니가 완벽히 낫고 있다는 거다. 갈런드에 있는 것만으로도 할머니는 활력이 넘치는 듯 보였다. 집에 돌아온 둘째 날, 할머니는 물품을 사러 마을로 트럭을 몰았다.

난 데리고 가지 않았다.

"넌 여기서 할 게 많다."

할머니가 말했다.

"또 그동안 도시생활을 충분히 했잖니?"

난 할머니의 뜻을 알았다. 내 두 눈엔 시퍼런 멍이 있었고, 대릴이 한 방 날린 코는 여전히 쓰라렸다. 할머니는 나를 '다친 너구리'라고 불렀다.

할머니는 나가면서 이것저것 주문했는데, 먼저 채소 바구니를 지하 저장실에 넣고, 과일나무 가지를 치고, 퇴비를 넓게 펴라고 했다. 겨울 준비였다.

지난 몇 주 동안 그렇게도 갈망하던 모든 것, 나의 갈런드였다. 집에 돌아오게 돼서 행복했다.

하지만……

마음속으로는 요란한 사물함 문소리, 아이들이 재미나게 재잘대는 소리가 들리는 평균 C 중학교 복도를 계속 거닐었다. 휴대폰 벨소리, 전자오락기의 삐비빅 소리, 이어폰 밖으로 새어 나오는 랩 음악.

학교는 아이들로 북적거리고, 시끄럽고, 불쾌하고, 심지어 겁도 났다. 하지만 고유의 리듬과 급박함과 활기가 있었다. 그것들이 너무 그리워 마음이 아팠다.

밤에는 연감을 자세히 보면서 시간을 보냈다. 친숙한 얼굴들을 하나하나 보다 보면 기억이 빗발치듯 밀려왔다. 풀밭에서 하던 태극권, 음악실에서 함께 노래하던 아이들, 홀치기염색, 수백 명이 넘는 핼러윈 파티 자원자들.

난 갈런드 농장을 둘러봤다. 고즈넉하며 칙칙한 베이지색과 초록색 풍경, 친숙한 농장일, 다른 사람들은 찾아볼 수 없는 곳. 이게 예전의 내 삶이었다.

예전에는 그랬다. 예전에는.

저쪽으로 다시 돌아가고 싶은 걸까? 어떻게 내가? 줄곧 여기로 돌아오게 해달라고 빌었는데. 하지만 저쪽 삶이 나를 불렀다. 위생 모자와 기름진 앞치마를 두른 괴팍한 아줌마들이 식판에 퍼주는 음식을 먹고 싶었다. 〈삼각법과 눈물〉 재방송을 보고 싶었다. 작은 금속 다이얼을 비틀어 맞추면 마법처럼 열리는 사물함을 열고 싶었다. 소피 도넬리가 나한테 괴짜라고 한 번만 더 불러줬으면 좋겠다.

두어 시간 후면, 핼러윈 파티가 시작될 거다. 그건 학생회장의 책임이다. 그래, 난 춤에 관해 아무것도 모르고, 그래서 아무것도 계획하지 않았다. 하지만 난 그곳에 있어야 한다. 난 클래버리지 중학교 학생회장이니까.

아침에 할머니에게 갔다 와도 되냐고 물었더니 안 된다고 했다.

"캠, 다 지난 일이야. 이젠 여기서 생활하는 거야."

"알아요…… 근데 포스터마다 내 이름이 있어요. 어떻게 애들을 실망시켜요?"

"네가 없다는 걸 애들은 눈치도 못 챌걸."

할머니는 장담했다.

"바깥세상 사람들이 어떤지 너도 알지? 자기 이익만 생각하고, 머리를 쓸 필요 없는 재미나 찾고 말이지."

난 다른 주장을 펼쳤다.

"근데 할머니가 늘 말씀하셨잖아요. 시작하면 끝을 맺어라."

"캡, 그 학교를 떠날 때 그때가 끝이었어. 참 다행이야. 고작 두 달 정도 있었는데도 네가 얼마나 변했니? 텔레비전 드라마 얘길 하지 않나, 쓸모없는 연감을 몇 시간씩이나 들여다보질 않나. 네가 더 오염되기 전에 데리고 와서 천만다행이다."

오염. 할머니는 계속 이 낱말을 썼다. 마치 할머니가 병원에서 낫는 동안 난 유독성 물질이 넘쳐나는 폐기장에서 뒹굴기라도 한 것처럼. 그래, 도넬리 아줌마네 집과 평균 C 중학교에서의 생활은 할머니와 내가 일군 갈런드의 삶과 무척 다르다. 하지만 다르다는 게 나쁜 건 아니다.

지난 8주 동안 있었던 일을 말하면 할머니는 화를 냈다. 아니, 그건 화가 아니었다. 화는 정신이 균형감각을 잃어버린 것이니까. 할머니는 진심으로 걱정했다.

어쩌면 할머니가 옳을지 모른다. 난 오염됐다. 갈런드를 떠나기 전엔 할머니에게 맞서지 않았는데!

물론 내가 지금 하려는 것도 예전에는 감히 못 했을 일이겠지.

강력 접착테이프를 조그맣게 찢어서, 메모지를 냉장고 위에다 붙였다.

> 할머니,
> 죄송해요. 정말 중요한 일이라서요.
> 걱정하지 마세요. 곧 돌아올게요.
> —캠

할머니가 트럭을 몰고 나가서 난 걸어가야 했다. 몇 킬로미터 떨어진 곳에 주유소가 하나 있었다. 거기로 가서 전화로 택시를 부르기로 했다. 돈은 없지만, 수표 한 장이 남았다. 그 한 장이면 원하는 곳 어디든 갈 수 있다.

트럭에 휘발유가 다 떨어졌던 적 이후로는 이 길을 걷지 않았다. 그래서 이 길이 얼마나 멀고 먼지로 가득한지 까맣게 잊고 있었다. 가는 도중에 차를 한 대도 보지 못했다. 평균 C 중학교 주변의 붐비는 거리가 저절로 떠올랐다.

울긋불긋 단풍이 든 숲을 지나니 마침내 주유소 표지판이 보였다.

할머니 말을 어긴 탓에 기분이 찜찜했었나 보다. 이유가 뭐든 간에 난 도로 한가운데 들어설 때까지 차를 보지 못했다. 운전자가 브레이크를 세게 밟았고, 바퀴가 아스팔트와 마찰하며 끼익 날카로운 소리를 냈다. 난 필사적으로 도랑으로 몸을 던졌다.

운전자가 뛰어나왔다.

"이봐요, 괜찮아요?"

어디에 있든 구별할 수 있는 목소리였다.

"소피?"

일어나서 보니 걱정스러운 눈으로 바라보는 소피가, 거기 있었다.

"미쳤어, 정말! 대체 어디 가는데 도로 한가운데로 뛰어드니?"

소피가 화낼 만했다. 정말 아슬아슬한 상황이었으니까. 하지만 내가 겨우 생각해낸 말은 딱 한마디였다.

"면허증 땄네!"

"근데 면허 딴 첫날, 어떤 괴짜를 쳐서 뺏길 뻔했잖아!"

"근데 넌 여기에 웬일로?"

난 도랑을 기어 올라와 몸을 털면서 물었다.

"거의 갈런드 근처까지 온 거 알지?"

"면허 딴 기념으로 드라이브하고 있었어. 너 만나려고, 이 멍청아! 내가 미쳤지."

"나를?"

"그 팔찌 말이야, 글자 새긴 팔찌."

소피가 캐물었다.

"우리 아빠가 보낸 거 아니지? 네가 보냈지?"

내 얼굴이 아주 발갛게 달아오르는 게 느껴졌다.

소피가 얼굴을 내밀어 내 볼에 입을 맞췄다. '초신성'이란 낱말을 과학책에서 본 적이 있는데, 난 그때 그 초신성을 처음 경험해 봤다.

"타!"

소피가 명령했다.

"핼러윈 파티에 갈 거야."

"이게 무슨 우연이람?"

소피가 차를 갈런드 반대 방향으로 몰자, 난 평균 C 학교에 갔다 오려던 계획을 말했다.

"미쳤어."

소피가 비웃었다.

"택시 기사들은 수표 안 받아. 아니, 받는다 해도 집엔 어떻게 돌아가려고?"

"기사 아저씨더러 파티 끝날 때까지 기다리라고 하고, 그다음……."

그때 소피가 한숨을 쉬어서 난 말을 끝내지 못했다.

"어휴, 내가 못살아. 네가 진짜 세상에서 살면 무슨 일이 일어날지 생각도 하기 싫다."

"어쨌든 말이야. 태워줘서 고마워."

"난 성인군자니깐."

소피가 말했다.

"아빠가 전에 한번 그렇게 말했는데, 내가 지금 진짜 성인군자가 됐네. 헤헤."

마을 외곽에 가까워지자 자동차들, 건물들, 빛, 거리의 사람들이 나타났다. 난 바쁘고 부산한 모습을 넋 놓고 바라보며, 오랜 친구처럼 기쁘게 맞았다. 하지만 죄책감이 떠나질 않았다. 할머니가 집에 와서 메모를 봤는지 궁금했다.

우리가 평균 C 학교에 도착할 즈음 어둑한 저녁이 됐다.

소피가 얼굴을 찌푸렸다.

"건물이 왜 저리 어둡지?"

"정전인가?"

하지만 근처 집들은 불을 환히 켜고 있었다.

우리는 모퉁이를 돌아 학교 진입로 약간 못 미친 곳에 차를 세웠다. 차가 들어갈 수 없어서였다. 주차장이 차가 아닌 사람으로 꽉 찼다. 수많은 촛불들이 주차장에 깜빡이고 있었다.

소피의 눈이 휘둥그레졌다.

"무슨 일이지?"

"핼러윈 파티인가 봐."

"캡, 제발! 파티에선 사람들이 춤을 춰. 그래서 파티야! 여긴 음악도 없잖니!"

하긴 장식은 체육관에 했는데 주차장에서 파티를 하는 게 이상해 보이긴 했다.

우리는 모퉁이로 갔다. 소피가 검은색 둥근 코에 큰 귀가 달린 고무 가면을 건넸다.

"이게 뭐야?"

소피는 깊이 숨을 쉬었다.

"넌 미키마우스. 난 미니마우스. 갑자기 마련하느라 이게 최선이었어."

우리는 군중 속을 헤쳐 나갔다. 시끄럽진 않았지만 음악 소리가 들렸다. 어딘가에 대형 휴대용 카세트가 놓여 있었고, 할머니가 제일 좋아하는 비틀스 앨범 〈애비 로드(Abbey Road)〉의 곡이 흘러나오고 있었다.

난 가면 눈구멍으로 군중을 샅샅이 살폈다.

"소피, 근데 왜 우리만 의상을 갖춰 입은 거지?"

갑자기 소피가 내 어깨를 강하게 잡았다.

"저기 봐! 판초, 홀치기염색, 평화의 상징. 캡, 애들이 입고 있는 옷이 꼭 너 같아!"

당혹스러운 도넬리 아줌마

아이고! 물론 난 걱정됐다. 면허증을 받은 첫날인데, 아이가 세 시간 동안이나 돌아오지 않고 있었다. 화도 나지 않았다. 이동수단도 없이 집에서 오도 가도 못하고 이러고 있는 게 이제는 화도 안 났다. 이미 타협점을 찾기까지 했다. '소피가 안전하게만 오면, 목을 조르지도, 외출금지도 하지 않을 거다. 제발, 제발, 소피야, 무사하기만 해다오!'

불안감을 떨쳐내려고 캡이 지난 두 달간 묵었던 손님방을 치웠다. 캡은 이 집에서 제일 깔끔한 애였다. 바닥을 진열용 선반쯤으로 생각하며 옷을 늘어놓는 소피와는 반대였다. 캡은 먼지 하나 남기지 않았다. 캡에게 잡동사니 따위는 없었으니 남겨둘 것도 없었다. 학교 과제물만 몇 개 있었다. 그중에 '20세기 최대의 발명'이란 제목의 글이 있었다. 뭘 주제로 썼을까? 전화기? 컴퓨터? 에구구, 초강력 접착테이프였다! 새어나오는 웃음을 참을 수 없었다. 갈런드에서 먹을 것을 제외한 모든 것에 초강력 접착테이프를 썼던 게 생각났다.

그다음 내 시야에 걸려든 건 침대 옆 탁자 서랍에 반듯하게 접힌 쪽지였다.

> 다채로운 보석이 박힌 은팔찌 1개
> 새길 문구: 당신에게 필요한 건 사랑입니다.

심장이 뒤집어지는 줄 알았다. 소피의 팔찌가…… 캡이 보낸 거야? 캡이 그만큼이나 소피를 좋아했나?

아니야, 애 아빠가 보낸 선물인 것처럼 했잖아. 그간 직장생활을 오래도록 해왔지만, 아무 조건 없이 누군가가 그렇게 순수한 의도로 친절을 베푸는 걸 난 거의 본 적이 없다.

영수증 밑에 휘갈긴 글씨를 봤는데, 수표로 돈을 낸 게 분명했다.

이럴 수가, 안 돼!

불현듯 학교에서 본 은행 거래명세서가 떠올랐다. 거기에 보석가게에서 쓴 수표가 있었지. 그래, 캡은 순수한 마음에서 학생활동기금으로 소피의 팔찌를 산 거야!

당장 교감선생님에게 전화를 걸었다. 받지 않아서 휴대폰으로 걸었다.

"무슨 일이죠?"

교감선생님이 매우 지친 목소리로 소리 질렀다.

"플로라 도넬리예요. 캡이 보석가게에서 쓴 수표 영수증을 발견했어요."

"신경 쓰지 마세요!"

교감선생님이 딱딱거렸다.

"학교에서 좀 봅시다! 지금 웬 소동이 일어나고 있어요!"

나는 불안했다.

"교감선생님이 파티를 취소해서요?"

"아니, 그런 것 같진 않고요. 수위가 전화했어요. 애들이 촛불을 들고 주차장에 모여 있대요. 애들 말로는 캡 앤더슨 추도식이라네요!"

나는 깜짝 놀랐다.

"추도식요? 캡은 죽지 않았어요!"

"하, 플로라가 그 사실을 아는 유일한 사람인 것 같네요. 그러니까 학교로 좀 와주세요. 캡이 여기 머무르는 동안 가족이나 마찬가지인 분이었으니까. 플로라 당신이라면 애들을 이해시킬 수 있겠죠!"

"학교에 갈 수 없어요. 딸아이가 차를 갖고 나갔거든요."

"꼼짝 말고 계세요. 5분 후에 모시러 가겠습니다."

전화기를 내려놓는 손이 바들바들 떨렸다. 소피의 무단 외출과 학교의 소동, 그리고 캡이 죽었다는 소문.

대체 무슨 일이 벌어지고 있는 거야?

눈물을 흘리는 휴

역사대백과사전에서 '집단적 어리석음'을 찾으면, 아마 이런 사진이 나올 법하다. 히피 복장을 한 천백 명의 아이가 주차장에 빼곡히 모여 멀쩡히 살아 있을지 모를, 누군가를 위해 촛불 추도식을 하는 장면.

캡처럼 옷을 입자는 건 원래 잭의 계획에 없었다. 어쩌면 핼러윈 정신에서 비롯된 것일지 모른다. 어쨌든 잭과 내가 학교에 전단을 돌리자마자 그런 계획이 퍼지기 시작했다. 전교생이 알록달록한 옷에 목걸이로 치장한 모습을 눈앞에 그려보시길! 아, 미키마우스와 미니마우스 가면을 쓴 개념 없는 두 명은 빼고.

촛불은 잭의 생각이었다.

"촛불이 필요해."

마트로 가는 길에 잭이 말했다.

효과는 우리가 상상한 것 이상이었다. 수백 개의 작은 불꽃이

어둠 속에서 빛을 뿜으며 캡 앤더슨을 향한 '애도'를 표했다. 흐릿하게 깜빡거리는 그림자 아래 엄숙한 얼굴들이 비쳤다. 으스스했다.

잭. 내 일생 대부분은 잭을 두려워하고 시기하던 시간, 잭이 내 속옷 고무줄을 잡아 올릴 때 그저 잠자코 매달려 있던 시간이었다. 우리는 결코 절친이 될 수 없다. 하지만 지금만큼은 저 녀석한테 감탄하지 않을 수 없다. 잭은 천재다! 공부 쪽으로 말고 대중적인 이미지를 교묘히 만들어내는 데! 잭은 캡 추모식을 이끄는 대신 자존심을 구겼다. 하지만 지난 며칠 동안, 잭이, 아니 잭과 내가 학교에서 불한당 취급을 받았던 걸 생각하면, 뭐 그리 나쁜 일은 아니었다.

그래, 우리는 그런 취급을 받아도 쌌다. 캡을 응원전에 내세운 건 정말 심했고, 내가 음모에 가담한 것도 끔찍했다. 캡한테 화가 나서 그랬다는 건 변명이 될 수 없다. 난 잭처럼 속된 애들의 표적이 되는 게 뭔지 누구보다 잘 안다. 내 양심은 고통 받는 것 그 이상이었다. 난 체스 동아리에서 영구 퇴출당했다. 벌로 한 달간 방과 후에 남아 있어야 했고, 벌점 기록까지 영구히 간직하게 됐다.

그런데 이 얼마나 아이러니한 일인가? 배신자라는 낙인을 지우는 유일한 방법이 또 잭 파워와 손을 잡는 거라니.

난 잭한테 다가갔다.

"이제 어떡하지? 밤새 여기 있을 건 아니지?"

"완벽해."

잭은 초가 꺼지지 않도록 종이컵을 살짝살짝 흔들며 진지하게 말했다.

난 불편했다.

"난 잘 모르겠는걸. 이중 3분의 1은 캡이 죽었다고 확신하고, 3분의 1은 중환자실에 있다고 생각하고, 나머지 애들은 그냥 다른 애들이 모이니까 온 거야. 아이들한테 생각할 시간을 너무 많이 주면 안 돼."

"좋은 생각이야."

잭이 동의했다. 그러곤 가까이에 있던 트럭 화물칸으로 올라가 비틀스 음악이 나오는 대형 휴대용 카세트를 멈췄다. 잭은 마이크를 잡고 스위치를 켰다.

"모두 주목! 모두 주목해주세요."

모인 애들은 인원수에 비해 상당히 조용했고, 조용조용 낮은 톤으로 말했다. 진짜 장례식 같은 분위기였다. 몇 초 후 모든 애들이 잭을 바라봤다.

"와줘서 고마워요. 캡이 여기 왔다면 더 고마웠을 텐데. 지난 두 달간 많은 일이 일어났고 엄청났죠. 두 달간 캡 앤더슨은 우리의 학생회장이었습니다. 이제 캡은 떠났습니다. 캡이 우리 삶에 어떻게 영향을 줬나 말해보면서 캡의 일생을 기리도록 하죠."

그러자 놀랍게도 애들이 인파를 뚫고 앞으로 나와 자기가 말할 차례를 기다렸다.

나오미가 첫 번째였다.

"난 좋은 애가 아니었어요."

나오미가 말했다.

"난 캡한테 못되게 굴었죠. 그럼 내가 원하는 걸 얻을 수 있다고 생각했으니까요. 그러고 나서 캡을 지켜보기 시작했죠. 캡은 우리에게 정말 다른 모습을 보여줬어요. 세심하고, 배려 깊은 아이였죠. 캡은 고맙다는 인사를 받으려고 그렇게 행동한 게 아니고, 그게 옳다고 생각해서 했어요."

나오미는 약간 떨며 숨을 들이마셨다.

"로렐라이란 여자애가 없다는 걸 말할 기회조차 없었네요!"

나오미는 맥을 못 춘 채, 옆에 있던 2학년 남학생에게 마이크를 넘겼다.

"난 정말 어리석을 정도로 수줍음을 많이 탔어요. 친구도 없었고요."

2학년 남학생이 고백했다.

"그런데 캡이 핼러윈 파티 일을 맡겼죠······."

난 정신적인 충격을 받았다. 애들은 차례차례 무대로 나와서 캡이 어떻게 자기 삶을 바꿨는지 진심을 털어놓았다.

"태극권 덕분에 몸무게를 5킬로그램이나 뺄 수 있었어요······."

"남동생을 괴롭히지 않게 됐어요······."

"신문 배달해서 번 돈을 자선단체에 기부하기 시작했어요……."
"1960년대를 알게 되면서 할머니, 할아버지랑 더 잘 지내게 됐어요……."

난 혼란스러웠다. 평균 C 중학교 애들은 목에 칼을 들이대도 속말을 하려 하지 않았다. 사적이거나 부끄러운 사실을 발설하는 걸 겁내며 살았다. 약점이 있거나 자신이 없는 모습을 드러내지 않으려 애썼다.

그런데 마치 고민 상담 토크쇼 프로그램에서처럼, 애들이 줄을 서서 자기 속내를 다 까발리고 있었다. 캡이 모두를 이렇게 변화시킨 거다.

이중 최고의 희생자는 나였다. 그런 내 앞에 캡 앤더슨이라는 물감으로 나를 변화시킬 황금 같은 기회가 주어졌다. 전교생 앞에 나가서 나도 캡의 팬클럽에 동참해야 했다.

트럭 화물칸에 올라서자 이 일이 얼마나 커졌는지 처음 실감할 수 있었다. 전교생이 다 왔다. 그런데 그때 어른들이 주변에 나타나기 시작했다. 처음엔 주민이겠거니 싶었다. 아니면 지나가는 사람. 아니, 아니었다. 교감선생님이었다! 교감선생님이 모든 것을 멈추기 전에 나도 할 말을 해야 했다.

난 태극권 덕분에 체육시간에 자신감이 생겼다고 말하는 1학년 여학생에게서 마이크를 잡아챘다.

"휴 윙클맨이라고 해요. 이 학교에서 캡의 첫 번째 친구였죠."

난 잠깐 극심한 공황을 경험했다. 여기 올라오려고 몰두한 나머지 뭐라고 말할지 찬찬히 생각하지 못했기 때문이다.

천백 개의 얼굴이 나를 심각하게 올려다보고 있었다. 소심하게 굴 때가 아니었다.

눈에 눈물이 그렁그렁하여 볼을 타고 흘러내릴 때까지 입을 꽉 깨물었다.

"캡 앤더슨은 내가 알던 아이 중 최고였습니다. 이제 캡 없이 어떻게 지낼 수 있을까요?"

교감선생님이 인파를 밀치며 다가오는 게 보였다. 이제 화려하게 끝낼 시간이었다. 휴 윙클맨은 이제 더 이상 학교의 놀림거리가 되지 않을 거다!

난 트럭 바닥에 마이크를 내려놓고, 두 손을 위로 올리며 울부짖었다.

"캡, 넌 죽기엔 아직 너무 어리잖아!"

여기저기서 흑흑 울기 시작했다.

그런데 그때 우물거리는 통에 알아듣기 어려웠지만, 낯익은 목소리가 들렸다.

"휴, 울지 마!"

난 눈을 동그랗게 떴다. 미키마우스 가면을 쓴 애가 군중 사이를 힘겹게 걸어 트럭으로 다가오고 있었다. 그 애는 내 바로 밑에서 멈추더니 가면을 머리 위로 올렸다.

"나야!"

캡 앤더슨이 말했다.

"괜찮아. 나 살아 있어!"

극적인 광경을 목격한 잭

와우.

이 무슨 대공습이란 말인가. 마치 자기 장례식을 묵사발로 만드는 것과 같았다.

휴는 트럭 바닥에 자빠졌다. 휴를 탓할 게 못 됐다. 나도 날 어디에 처박아버릴까 심각하게 고민 중이었으니까. 내 꼴 역시 우습게 됐다.

앞쪽에 있던 애들은 누가 나타난 건지 알아챘다. 애들은 캡을 안고 소리 지르고 좋아서 날뛰었다. 뒤쪽에 있던 아이들은 당황해서 웅성거렸다. 무슨 일이 일어난 건지 몰라서.

드디어 앞줄에 있던 두어 명의 남자애가 캡이 트럭에 오르는 걸 도왔다. 캡의 긴 금발이 바람에 날렸고, 가로등 불빛이 캡의 얼굴을 후광처럼 비춰주었다.

천백 명의 목청에서 나오는 고함에는 충격과 의혹과 기쁨과 애정이 서려 있었다.

캡의 두 눈은 시퍼렇게 멍들었고, 대릴이 한 방 날린 코에는 아직 상처가 있었다. 그렇지만 입원한 것도 아니고, 기억상실증에 걸린 것도 아니고, 식물인간이 된 것도 아니었다. 정말 멀쩡히 살아 있다는 건 누가 봐도 분명했다.

나오미는 발갛게 상기되어 눈물을 흘리면서 떨어진 마이크를 주워 캡한테 건넸다. 우레와 같은 박수가 계속됐다. 박수 소리는 좀처럼 수그러들 기미가 보이지 않았다.

마침내 소란스러움이 가라앉고, 군중은 잔뜩 기대감에 찬 침묵 속으로 빠져들었다.

캡이 드디어 입을 열었다.

"이게 핼러윈 파티는…… 아니죠?"

한바탕 웃음바다가 됐다. 장담하건대 천백 명 중 캡이 지금 농담한 게 아니란 걸 아는 사람은 나뿐이었다. 아니, 나와 휴뿐이었다.

"이렇게 많은 사람이 날 걱정해줬다는 게 믿기지 않아요."

캡이 말을 이었다.

"난 괜찮아요. 할머니가 퇴원하셔서 집으로 가야 했어요. 이제 난 이 학교에 다닐 수 없어요. 갈런드 농장에서 살거든요."

갑자기 캡이 누군가를 발견한 듯 수줍게 손을 흔들었다. 캡의 시선을 쫓아가 보니 저 뒤쪽에서 지팡이를 짚은 할머니가 손을 흔들어 답하고 있었다. 할머니가 그런 손짓을 하지 않았대도 누군지 금방 알아챘을 거다. 시골뜨기 블라우스, 기다란 면치마, 땡땡이 무늬가 박힌 알록달록한 머리띠. 이런 히피 복장을 혼자만 입고 있었으니까.

"할머니."

캡은 차분히 말했다.

"안 된다고 하셨는데, 와서 죄송해요. 파티를 정말 보고 싶었어요. 또 다른 이유가 있었네요. 모두에게 작별인사도 못 하고 학교를 떠났어요. 그래서 지금 작별인사를 하려고요."

캡은 앞줄 오른쪽을 향했다.

"제이슨, 잘 지내. 트루디, 잘 지내. 레오, 잘 지내. 아리엘, 잘 지내. 트레버, 잘 지내. 마이크, 잘 지내."

캡이 멈추지 않을 거라는 걸 알자 킥킥거리던 아이들의 웃음소리가 곧 멎었다.

"대니얼, 잘 지내. 라지, 잘 지내. 헤더, 잘 지내. 나오미, 잘 지내. 조던, 잘 지내. 레나, 잘 지내. 휴, 잘 지내."

점점 기분이 이상해졌다.

캡은 첫 번째 줄을 마치고, 두 번째 줄은 반대쪽부터 시작했다.

주차장은 완벽한 침묵에 싸였다.

"데이지, 잘 지내. 에밀리, 잘 지내. 줄리어스, 잘 지내. 샘, 잘 지내."

캡이 세 번째 줄 중간까지 인사를 마쳤을 때, 난 알았다. 캡은 그저 모두에게 한꺼번에 "모두 잘 지내"라고 말할 생각이 아니었다. 잘 지내라는 말을 한 명 한 명 모두에게 하고 있었다!

두 달 전에 있었던 조회 장면이 생생히 떠올랐다. 그때 교감선생님은 캡이 회장에 당선됐다고 공식 발표했다. 그리고 난 장난삼아 캡한테 학생회장이라면 모든 학생의 이름을 외워야 한다고 말했는데, 설마 그걸 그대로 실천할 줄이야!

"세베린, 잘 지내. 제이, 잘 지내. 켈리, 잘 지내. 필, 잘 지내."

미식축구 선수라면 그때 내가 경험한 걸 이해할 수 있을 거다. 무기력한 영봉패. 난 트럭 화물칸 짐 위에 올라선 캡을 봤다. 전교생 이름을 다 외우는 아이를 이긴다는 건 불가능하다. 절대로.

"나타샤, 잘 지내. 애너벨, 잘 지내. 패트릭, 잘 지내. 마르코, 잘 지내……."

거의 한 시간이 걸렸다. 아무도 움직이지 않았다. 우리는 거의 소리를 낼 수 없었다. 일생에 한 번 있을까 말까 한 구경거리였다. 1초도 놓칠 수 없었다. 마치 역사의 일부분 같았다.

천백 명의 학생. 천백 명의 이름. 캡은 머뭇거리지 않았고, 이름을 잘못 부르지도 않았다.

캡이 마이크를 트럭 바닥에 내려놓고 몸을 일으킬 때에야 비로소 난 끝났다는 걸 알았다.

애들은 캡을 가만 놔두지 않았다. 대릴이 달려가 캡을 어깨에 태우고 환호하는 애들 틈을 지나기 시작했다. 나오미와 레나는 그 양쪽에 섰다. 나도 함께하려고 힘겹게 애들을 밀치고 나아갔다. 어쨌든 쟤들은 내 친구고, 이제 화해할 시간이었다. 친구가 없는 것보다는 히피를 사랑하는 친구들이 있는 게 낫다.

캡이 밑을 보며 우리에게 소리 질렀다. "할머니가 기다리셔." 그래서 우리는 땡땡이 무늬가 박힌 머리띠를 두른 할머니에게 향했다.

거기 있던 모든 아이가 살아 있는 전설과 하이파이브를 하고 싶어 해서, 우리는 천천히 나아갔다. 뻗은 팔 사이를 헤치며 나아가는 게 마치 대나무 숲을 뚫고 나아가는 듯했다.

대릴이 할머니 옆 아스팔트 바닥에 캡을 내려놓았을 때, 할머니는 딴 데 신경 쓰느라 캡이 온 것도 몰랐다. 학교에서 몇 번 봤던 아줌마가 할머니를 몹시 나무라고 있었다.

"……캡이 수표로 저지른 일들은요, 캡이 성인이라면 감옥에 갈 수도 있었다고요!"

할머니의 얼굴이 잿빛으로 변했다.

"캡이 학교 돈을 자선단체에 주려 했단 말이냐?"

"누가 옛날과 별반 다르지 않게 가르쳤나 보죠!"

아줌마가 고함쳤다.

"레인, 당신이 어떻게 가르쳤는지 생각나네요! 우린 진짜 세상에서 어떻게 살아가야 할지 아무것도 몰랐죠! 그래도 난 다행이었어요. 부모님이 있었으니까. 캡은 누구한테 의지하죠? 당신이 영원히 살 것도 아니고…….”

수표를 그렇게 써버렸구나! 교감선생님이 아니라, 순진한 캡이 평소의 히피 사고방식대로 하다가 일을 저지른 거였어. 만약 우리라면 체포됐을 테지만, 캡은 체포되는 대신 록스타처럼 인기가 올라갔다.

캡은 자기 할머니를 초조하게 바라봤다.

“파티가 열릴 예정이었어요. 저도 대체 무슨 일이 일어난 건지 모르겠어요. 화나셨어요?”

“아니다.”

할머니가 말했다. 그러곤 아줌마를 쳐다봤다.

“플로라먼디, 잘 지내려무나.”

다정한 목소리는 아니었다.

“캡, 잘 가!”

할머니와 손자가 주차된 소형 트럭에 올라타자 대릴이 큰 소리로 말했다.

“우린 널 사랑해!”

히피 할머니와 손자가 길 아래로 사라지려 하자 나오미가 소리쳤다.

플로라먼디라는 아줌마는 미니마우스 가면을 손에 든, 정말 예쁘게 생긴 여학생을 품에 안았다. 문득 난 깨달았다. 저 여학생이 캡의 데이트 상대였어? 미키마우스의 여자친구 미니마우스?

말도 안 돼! 캡 녀석은 평균 C 중학교를 이 지경으로 만들어놓고도 슈퍼모델이랑 놀아날 시간이 있었다. 세상이 미쳐가나? 난 기억상실증에 걸린 사람처럼 주차장을 여기저기 빙빙 돌며, 세상이 미치지 않았음을 보여줄 제대로 된 무언가를 찾으려고 애썼다.

그리고 여기저기 흩어진 아이들 사이에서 휴 윙클맨을 봤다. 휴는 끔찍해 보였다. 옷이 헝클어지고 안경은 구부러져 삐딱했다. 얼간이 중에 저런 얼간이가 없었다. 하지만 전교생이 캡한테 몰릴 때 유일하게 내 편에 섰던, 이젠 내 친구인 얼간이였다.

난 어느 정도 휴를 고맙게 생각하기 시작했다.

세상 속으로 돌아간 캡

또다시 체포될 때, 난 우리 과수원을 따라 난 흙길에서 트럭을 몰고 있었다.

사이렌 소리가 울리고 빛이 깜빡이자 난 깜짝 놀랐다. 할머니가 도로에서는 차를 몰면 안 되지만, 갈런드 농장 안에서는 괜찮다고 했기 때문이다.

그런데 경찰관의 설명이 더 놀라웠다.

"이제 갈런드 땅이 아니란다. 스카이라인 부동산개발 소유의 땅이지. 게다가 넌 면허 없이 운전했잖아?"

그러곤 나를 경찰차 뒷좌석으로 밀어 넣었다.

지역 보안관 사무실은 로드리고 아저씨를 병원에 데려가려고 스쿨버스를 몰았을 때 잡혀갔던 경찰서보다 훨씬 작았다.

하나밖에 없는 방에 자물쇠도 없었고, 수갑만 하나 달랑 있었다.

경찰관은 수갑을 채우진 않았다. 그저 나를 의자에 앉힌 채 기다리라고 말한 뒤 전화를 걸었다.

난 아주 무기력한 기분으로 창밖을 내다봤다. 스카이라인 부동산개발에 관해 알면 할머니가 분명 화를 낼 거다. 할머니가 농장을 세운 이유 중 하나는 큰 회사들과 엮이는 게 싫고 또 그들과 상대하고 싶지 않아서였다. 이제 이 일을 수습하는 데 또 얼마나 오랜 시간이 걸릴까?

할머니는 요즘 아주 바빴다. 외출을 정말 많이 했는데, 집에 와서는 할머니가 제일 좋아하는 옛날 음악을 레코드판으로 들으며 조용히 시간을 보냈다. 특히 밥 딜런의 〈시대는 변하리〉(The Times They Are A-Changin'. 1960년대 젊은이들이 시위를 할 때 즐겨 불렀던 대표적 저항 가요 중 하나:옮긴이)란 노래에 심취했다. 할머니는 그 노래를 반복해서 들었다.

"밥 딜런이 옳았어요."

어느 날 밤, 난 할머니에게 말했다.

할머니는 슬퍼 보였다.

"변화란 건 선택이라고 생각했었지. 신념만 확고하면 변화를 거부할 수 있다고 생각했어. 그런데 지금은……."

할머니는 머리를 흔들었다.

"나도 잘 모르겠구나."

이젠 레코드판이 나오지 않고 CD나 MP3 같은 디지털 파일로 음악을 듣는다는 걸 할머니도 아시냐고, 들어보셨냐고 물어보고 싶었다. 하지만 묻지 않기로 했다. 할머니는 더 많은 변화를 원하지 않는 것 같았다.

댄스파티는 아니었지만 핼러윈 파티가 있었던 그날 이후 2주 동안, 난 너무나 힘들었다. 내가 다시 행복할 수 있을까 하는 생각이 들었다. 내가 평균 C 중학교에 잘 맞지 않는다는 걸 알았지만, 갈런드 역시 내게 100퍼센트 꼭 맞는 곳은 아니었다.

천백 명을 알게 되면 혼자 지내는 것에 만족하지 못할 수 있다.

진짜 학교에서 보낸 시간이 후회되지 않았다. 많이 배웠다. 예를 들어 은행에 내 당좌예금 계좌가 하나 있다고 할 때, 내 돈은 은행의 다른 돈과는 별개다. 또 수표를 쓸 때, 작은 빈칸에 쓰는 숫자만큼 내 당좌예금 계좌의 돈이 줄어든다.

강력 접착테이프로 깨진 도자기 인형을 붙여도 소용이 없다는 걸 배웠다. 또 '얼간이'라는 새로운 단어도 배웠다.

사물함과 재방송과 머리를 초강력으로 풍성하게 해주는 샴푸도 알게 됐다. 또 춤도 알게 됐지만, 춤을 춰보지는 않았다.

내가 알게 된 것 중 가장 중요한 것은 내가 배워야 할 게 얼마나 많은지 알게 된 거였다. 난 더 배우고 싶지만, 이제는 기회가 없을 것 같다.

반짝반짝 빛나는 멋진 차가 모퉁이를 돌아 끼익 소리를 냈다.

차 보닛에는 평화의 상징이 장식돼 있었다. 그런데 차 뒷면의 범퍼에 '전쟁은 아이들과 모든 생물에게 이롭지 않다'라고 쓰인 노란색 스티커가 붙어 있는 걸 보고 난 당황스러웠다. 저런 스티커가 붙어 있는 건 우리 집에 있는 낡은 소형 트럭뿐이다.

세련된 옷을 입은 금발의 여자가 운전석에서 내렸다. 그 여자는 한 손에 휴대폰을 들고 통화하면서, 다른 한 손으로는 차 뒷좌석에서 지팡이를 꺼냈다.

할머니 지팡이!

난 놀라서 멍하니 있다가 다시 봤다. 머리모양이 다르고, 옷도 다르고, 차도 못 보던 것이었다. 그런데 할머니가 맞았다!

할머니가 보안관 사무실로 들어와 나를 안아줬다. 새 블라우스 천 너머로, 친근한 평화의 목걸이가 느껴졌다.

"늙은이치곤 봐줄 만하지?"

할머니가 말했다.

"대체 무슨 일이에요? 달라졌잖아요!"

할머니는 숨을 깊이 들이마셨다.

"캡, 마음 단단히 먹어라. 말할 게 있다."

"나도 말할 게 엄청 많아요."

난 할머니 말을 끊었다.

"나 또 체포됐어요. 경찰관이 그러는데 어떤 개발회사가 갈런드 농장을 샀대요. 우리 어쩌죠?"

"어떤 개발회사가 갈런드 농장 주인 맞아. 나도 안다. 내가 팔았거든."

난 섬뜩했다.

"팔아요? 아무도 땅을 소유할 수 없다, 그래서 사고팔 수 없다고 늘 말씀하셨잖아요!"

할머니는 침착했다.

"캡, 내가 그렇게 말한 게 아니야. 고대 호피족(지금의 미국 애리조나 주 북부에 살았던 인디언 부족:옮긴이)의 말을 인용한 거지. 40년 전, 갈런드가 생길 때 난 부모님에게 돈을 빌려서 이 땅을 샀어. 우린 모든 걸 나누는 진짜 공동체였지. 난 공동체 안에서 동료였고, 그 이상도 그 이하도 아니었어. 하지만 부동산 증서는 내 이름으로 돼 있었지. 그래서 언제든 내가 처분할 수 있었단다."

할머니는 내 반대를 누그러뜨리려고 손을 흔들었다.

"진정해. 부동산회사가 돈 많은 사람들을 위해 화려한 저택을 세우도록 하진 않을 거니까. 모든 사람이 살 수 있는 서민 주택이 세워질 거다. 정원이 있는 공원도 세워질 거고. 잘 마무리 지은 게지."

난 제정신이 아니었다. 이건 내가 배운 모든 것과 어긋났다. 할머니가 갈런드 농장의 모든 가치체계를 가져다 내동댕이쳐버렸다! 할머니에게 이 땅을 팔 법적 권리가 있다는 건 이해하지만, 내가 이해할 수 없는 건······.

"왜요?"

난 물었다.

"이렇게 40년을 사셨어요! 다른 공동체들이 문을 닫고 사라져도 할머니는 계속 지켜오셨잖아요! 왜 지금 관두신다는 거예요?"

"저런, 캡, 네가 알고 있는 줄 알았지. 널 위해 그런 건데."

"날 위해서요?"

"내가 다쳤던 게 일종의 경종이었어. 곧 죽을 생각은 없다만, 어쨌든 넌 나보다 오래 살 게 아니냐? 내가 가고 나면, 넌 진짜 세상에서 살아야 해. 네가 어린애보다 세상 물정을 모르는 채로 살게 된다면 그건 다 내 탓 아니겠니."

할머니는 의미심장하게 말을 이었다.

"네 첫 시도는 성공적이었다. 대체 자기 추도식에 참석할 사람이 세상에 얼마나 된다고 생각하니? 넌 어땠지? 가장 친한 친구 천백 명 아니었니?"

마치 내 우주의 안팎이 비틀려 뒤집어진 느낌이었다. 이분이 할머니 맞나? 아니면 할머니 몸을 지배하는 다른 누군가인가? 하지만 어떤 면에서는 어느 때보다도 분명히 할머니 말을 이해하고 있었다. 갈런드에서 태어나고 자란 건 나다. 할머니는 샌프란시스코에서 자랐다. 바깥세상에 완전히 무방비 상태인 사람은 나이고, 할머니는 그렇지 않다.

"또……."

할머니는 눈을 반짝이며 말을 이었다.

"1960년대 이후 부동산 시장에 정말 믿을 수 없는 일이 생겼단다. 1,700만 달러에 갈런드를 팔았어."

난 한참 동안 할머니를 쳐다봤다.

"그거 어마어마하게 많은 거 맞죠?"

할머니는 고개를 끄덕였다.

"우린 부자야. 하지만 걱정 마라. 갈런드의 정신을 위반하지 않을 테니. 이 돈으로 바깥에서 살면서 훨씬 많은 걸 이룰 수 있단다. 네가 학생활동기금으로 한 행동은 옳았어. 난 자선단체를 세울 생각이야. 이름은 갈런드 재단, 어떠냐? 1960년대는 막을 내렸을지 모르지만, 그 정신은 더욱 강해졌단다."

"그럼 무슨 일이 생기죠? 우린 어디서 살죠?"

"아파트를 샀다."

할머니가 대답했다.

"며칠 만에 뚝딱 준비를 다 할 순 없어. 그래서 내가 좀 바쁠 거야. 그동안 넌 새 학교 근처에 있는 가정집에서 머물 거고."

내가 불쌍해 보였나 보다. 할머니는 이렇게 말했다.

"너도 그 집 사람들을 좋아할 거다. 정말이야."

할머니는 주머니에서 휴대폰을 꺼내더니 나한테 건넸다.

"음…… 여보세요?"

목소리가 들렸다.

"야, 괴짜야! 너, 다시 우리 집에 들어온다며?"

내 얼굴에 미소가 번졌다.

"그럼 제 새 학교가……."

할머니도 미소 지었다.

"네가 돌아가면 천백 명의 친구들이 정말 좋아할 거다."

그리고 난 그 아이들의 이름을 벌써 다 알고 있었다.

옮긴이의 말

세상은 돌고 돈다

  번역을 업으로 하는 사람들은 보통 하루 분량을 정해놓고 계획대로 일한다. 적어도 나는 그렇다. 하지만 기계가 아닌 이상, 계획에 맞추지 못하고 헉헉거릴 때가 왜 없겠는가. 그런데 신기하게도 이번 번역은 별로 그렇지 않았다. 어떨 때는 이야기에 폭 빠져 몇 장씩 더 나가 번역할 때도 있었으니까.
  지루하지 않게 몰입할 수 있었던 건, 어쩌면 장마다 화자가 다르기 때문인지 모른다. 주인공 캡이 이야기하는 장에서는 진지하지만 엉뚱한 소년이 되고, 소피가 이야기하는 장에서는 예쁘지만 톡톡 쏘는 고등학교 여학생이 되었다. 못된 잭이 되었다가 무감각한 교감선생님이 돼보기도 했다. 이 사람 저 사람 역할을 하면서 이야기에 대한 몰입도가 높아졌는데, 어느덧 마지막 장에 이르자 끝나는 게 섭섭하더니 작은 감동까지 밀려왔다.
  사람이 사는 세상에서는 늘 갈등이 일어난다. 그 갈등이 일대일의 갈등이 아니라 일대 다수의 갈등일 때, 그 한 사람은 심각하고 절망적인 상태에 빠진다. 흔히 말하는 왕따나 집단 괴롭힘 같은 것이 바로 그것이다. 왕따 혹은 집단 괴롭힘은 시공을 초월해 존재하는 것인가 보다. 그것이 이번에는 미국의 작은 중학교에 다니는 캡에게 일어난다. 하지만 진심은 통하는 법! 이 책을 읽어보면 알겠지만, 캡의 진심은 모든 갈등을 스르르 녹인다. 물론 세상을 살다 보면 선의와 진심이 통하지 않을 때도 많다. 하지만 세상은 돌고 돈다. 권력도 돌고 돈다. 우정도 돌고 돈다.

  지금 어딘가에서 힘들어하는 누군가가 있다면, 힘을 내라고 감히 말하고 싶다. '세상은 돌고 돈다. 권력도 돌고 돈다. 우정도 돌고 돈다'를 속으로 되뇌면서……

2013년 봄,
안지은